Franziska König

Auch mal wieder im Lande?

Journal

Realdoku
aus dem wahren Leben

Für Dich!

BoD – Books on Demand
© Februar 2022 von Franziska König
Cover: Gemälde von Erika König „Unser Wohnzimmer in Aurich"
Covergestaltung: Franziska König & Agentur Baumfalk Aurich
Herstellung und Verlag: BoD –Books on Demand Norderstedt
ISBN: 9783755767244

Franziska (Kika) mit ihrer Violine – fotografiert von ihrer lieben Freundin Ute Bott aus Rottweil.

„Wenn ich dereinst verstorben bin, so schweigt auch meine Violine!" sagt sie.

Drum bringt Franziska alle vier Wochen ein schlankes bis vollschlankes Taschenbuch heraus.

Erzählt werden Geschichten aus dem wahren Leben, die von erhöhtem Interesse sein dürften.

Jeden vierten Dienstag um 18.05 wird das fertige Manuskript in die Umlaufbahn entsandt.

Die meisten Vorkömmlinge
finden sich im Personenverzeichnis
am Ende des Buches

Hier die Familie vorweg:

Buz (Wolfram), unser Papa (*1938) Professor für
Violine an der Musikhochschule in Trossingen
Rehlein (Erika), unsere Mutter (*1939)
Ming (Iwan), mein Bruder (*1964)

Ein Buch ohne Vorwort.
Sie können gleich anfangen zu lesen…

März 2003

Samstag, 1. März
Aurich/ Ostfriesland

Zunächst bewölkt.
Am Nachmittag mühte sich die Sonne
durch das scherenschnittartige
und knorrige Geäst der Bäume –
Ein wunderschöner Frühsommer schien Einkehr
halten zu wollen?

In der Nacht träumte ich den Fall des verstorbenen kleinen Robert. Das Miss-Marple-Gen in mir – ererbt von Omi Ella – war aktiviert worden:

Roberts bitterböse Mutti, ehemalige Klavierschülerin Buzens, und eine Variante seiner Exschwägerin, dem bösen Uschilein, ging zur Polizei um Selbstanzeige zu erstatten:

„Vor etwa sechs Wochen habe ich meinem Sohn ein Kissen auf den Kopf gelegt. So lange, bis er endlich Ruhe gab!"

Als der diensthabende Polizeibeamte, der schildkrötenartig den Kopf aus einem kleinen Fenster hervorgereckt hatte zunächst einmal schwieg, während die große Wanduhr geräuschvoll die Sekunden vom Rest des Lebens hinwegschnippelte, fügte Roberts Mutti kleinlaut hintan: "Ich möchte mein Gewissen erleichtern und sühnen!"

Herr Kohl, der Beamte, zeigte keine große Lust, diese Worte zu protokollieren, zumal es sich um einen jener Fälle handelte, die sich nur mit Mühe beweisen ließen. Das Baby war längst eingeäschert. Mehr als das wichtigtuerische Geständnis einer sonderbaren Frau hatte man in diesem Falle nicht.

Was Herr Kohl nicht weiß – macht ihn auch nicht heiß:
Frauke P. hat daheim noch ein weiteres kleines Kind, das
sich in großer Gefahr befindet, so wie einst zwei weitere etwas
ältere Kinder, die beide bereits seit geraumer Zeit auf dem
Gottesacker ruhen.

Hernach träumte ich, *daß Buz und ich mit dem*
Ehepaar Wies aus Grebenstein einen ausgedehnten Urlaub in
Fernost machen wollten. Es war vereinbart worden, sich in
Moordorf/Ostfriesland zum Reiseantritt zu treffen.

Im Gemeindehaus von Moordorf durften wir uns nach
Absprache mit der Pastorin noch einen Kaffee kochen, der in
klobigen weißen Kolpingtassen eingenommen wurde. Hierzu
gab es Büchsenmilch und Würfelzucker. Ich litt unter
schrecklichem Pack- und Bedenkungsstreß, und die kleine
Kaffeestunde mit den weit herbeigereisten Eheleuten sollte ein
wenig davon ablenken.

Beim Erhöbnis zerstob sowohl die Vorfreude auf
die Fernostreise als auch der Pack- und Bedenkungsstreß, und man fühlte lediglich noch ein paar
verglühende Funken von alldem in den Lüften.

Vormittags tat ich etwas im Grunde Überflüssiges,
aber mir war gerade danach:

Ich schnürte ein Päckchen für meine Lieben in
Ofenbach zurecht, um ihnen die schöne CD mit den
Beethoven-Trios zu schicken.

„Junger Beethoven, hervorragend interpretiert!"
schrieb ich auf ein Pickerl, und klebte es auf die CD.

Mitten in diese Aktion hinein rief mich meine neue
Telefonfreundin Monika an, um einen kleinen
Sonntagsplausch zu halten:

Ihr Schwager, der Spitalinsasse A. läge immer noch ein, und ihren beiden grippekranken Söhnen ginge es besser. Hie und da mußte sich Mutti Monika mitten im Telefonat über einen Blödsinn ihrer Kinder erbosen. Der Mats hat einfach ein Schild, das der Grischa gebastelt hat, besudelt und als Mutti Monika ihn streng nach dem „Warum?" frug, antwortete er frech: „Darum!"

Über ihren Neffen, den kleinen Peter, das Söhnchen ihrer Schwester Thekla erfuhr ich, daß er schrecklich einsilbig sei. Wenn sich beispielsweise am Telefon jemand *nicht* meldet, so ist es er! Manchmal klingele er an der Haustüre und sagt ganz kurz angebunden: „Mats da?" Ein Ausruf, als wolle man in kurzen und knappen Worten nach einer Automarke fragen.

Doch der Mats hat im allgemeinen keine Lust auf seinen einsilbigen Vetter.

Ich besuchte die Post.

Vor mir stand ein leicht unappetitlich wirkendes Liebespärchen: Sie mit schwarz gefärbtem Haar und rosa Augendeckeln, er mit gegelter Frisur und einer pubertären fettigen, und leicht verpickelten Haut, die laut unserem Freund Xie auf ungelöschtes Feuer schließen lässt? Einmal küssten sie sich zwiefach auf den Mund, und daß dieser Anblick, den sie der Allgemeinheit darboten, Jahre später einmal in einem Buch beschrieben wird, hätten sie in diesem Moment wohl kaum für möglich gehalten?

Auf dem Heimweg begegnete ich Herrn Möller, als ich dummerweise gerade den ganzen Mund mit Pfefferminzkügelchen befüllt hatte, so daß es mir nach einem kurzen Zugenicke ein bißchen weh tat, daß ich den Eheleuten Möller vom Hause gegenüber, mit denen ich mich doch so gerne etwas intensiver befreunden würde, immer in solch peinlichen Situationen begegne. Ihnen begegne ich ausnahmslos nur dann, wenn ich mir soeben etwas in den Mund gestopft habe, das sich auf die Schnelle nicht hinabschlucken lässt.

Herr Möller sagte auch nur etwas unpersönlich „Moin!" ohne sein Tempo auf dem Radl zu drosseln.

Daheim fühlte ich mich einsam, und wünschte irgendjemand würde mich anrufen. Doch das Telefon blieb stumm. Ich spürte es ganz deutlich, wie meine Lebensfreude sank. Die sinkende Lebensfreude zog eine Untüchtigkeit nach sich, und die Untüchtigkeit stimmte mich flügellahm. Ich fühlte mich wie ein kleines Vögelchen, das im Geäst eines Baumes sitzt, und nicht weiß, wohin mit sich?

Erst als ich wieder auf meine Stoppuhrmethode zurückgriff, mit deren Hilfe sich eine Tätigkeit auslosen lässr, ging´s mit mir wieder bergauf.

Auf der Liste mit zehn Auslosepunkten stehen meist neun nützliche Tätigkeiten und eine unnütze – und genau die kam zum Zuge: Meine liebe mütterliche Freundin Frau Lüvers im städtischen Hospital zu besuchen, wo ihr eine neue Hüfte eingebastelt worden war.

Ich machte mich auch gleich auf den Weg.

Das Wetter hatte eine herbe norddeutsche Schönheit angenommen, und beim Blick in die Goethestraße weht mich immer eine gewisse, süßliche Wehmut dahingehend an, daß das Leben für Herrn und Frau Berke dort offenbar nicht so schön gewesen ist, wie man sich das einst erträumt hatte, als man sich in jungen Jahren ebendort ein Nest gebaut hat.

Nun aber wandte ich mich in die andere Richtung, und betrat alsbald das Spital.

Frau Lüvers hatte schon wieder eine neue Zimmergenossin bekommen, die ich zunächst nur von hinten kennenlernte: Sie saß in weiße Stützstrümpfe verpackt am Fenster. Ich erfuhr, daß sich die beiden hüftkranken Damen durch einen großen Zufall bereits seit 40 Jahren kennen.

Frau Lüvers schickte mich auf den Flur hinaus, um am Kaffeeautomaten Kaffee zu zapfen.

Im Gewühl an Besuchern und Halbkranken - zu krank um entlassen zu werden, aber nicht krank genug um im Bett zu liegen — lernte ich ein sehr sympathisches Ehepaar kennen: Die Südmanns aus Norden, denen ich als Geigerin ein Begriff war.

„Damals waren sie noch nicht so bekannt wie heute!" sagte der liebenswerte Herr freundlich.

Dieser Herr bewegt sich z.Zt. an Krücken fort, seine Lebensfreude hat er sich davon allerdings nicht nehmen lassen.

Durch die angeregte Plauderei mit diesem Ehegespann, — beide zirka 72 Jahre alt - war ich so lange hinweggeblendet, daß ich mich für Frau Lüvers im Nachhinein in eine Fata Morgana verwandelt zu haben schien. Man erzählte mir vom Chirurgen Herrn Dr. Messner, der fachlich so gut sei, daß sich die Hüftreparierten hernach wieder fühlen würden wie in jungen Jahren. Man sage ihm zwar nach, daß er gelegentlich auch Leuten eine Hüfte aufschwatze und einbaue, die gar keinen Hüftschaden haben.

Da aber die Versicherung zahlt, und man sich hernach wieder fühlt wie in jungen Jahren, hat sich bislang noch niemand beklagt.

Bepackt mit frisch Erlebtem, über das sich plaudern und psychologisieren ließ, kehrte ich in das Zimmer der beiden Damen zurück.

Ich plauderte mit Frau Lüvers, und nach einer Weile kam der Ehemann der anderen Dame zu Besuch, und beplapperte seine Frau mit allerhand Banalitäten, über die sich jedoch sagen lässt „Das ist das Leben, mit all seinen kleinen und großen Ärgerlichkeiten." Somit schwirrten zwei sich schnattrig anzuhörende Unterhaltungen durch den großzügigen Raum mit den blitzblank geputzten hohen Fenstern. Dem Ohr gelingt es scheinbar, alles Unpassende herauszufiltern? Frau Lüvers („Oh bitte nennen Sie mich Renate!") erzählte, daß ihre böse Stiefmutter Anneliese heut schon angerufen habe.

„Hast Du was zu schreiben da?? Nimm bitte ein Stück Papier und ein Stift zur Hand!" habe sie ihre Stieftochter durch den Hörer verdrossen und unschön angebarscht.

Frau Lüvers mußte bei dieser Geschichte ein bißchen weinen, weil sie ihr so nahe ging.

Die Anneliese diktierte wie folgt: „Anneliese Ohm, gestorben und eingeäschert am…"

"Warum diktierst du so etwas? Hast du den Moralischen?" habe die Renate gefragt. Doch es war nur so, daß die Anneliese heute so viele Traueranzeigen in der Zeitung gelesen hatte, und „so etwas"(?) mal schriftlich niedergeschrieben←(natürlich!) haben wollte.

Ich erfuhr auch, daß die Anneliese, die immer so hartgesotten war, langsam netter wird. Neulich saßen die Damen elf Stunden lang beieinander und erzählten sich etwas, und nach mehreren Stunden griff die Anneliese plötzlich nach Renates Hand, um sie eine Weile lang in der ihrigen zu wärmen.

Ich erzählte Frau Lüvers, daß es in der Tat stimme, daß heute ganz viele Todesanzeigen in der Zeitung gekommen waren. Nachdem tagelang niemand gestorben war, zeigte sich der Gevatter Tod plötzlich wieder voll motiviert. Dann wiederum meinte ich, daß jene Leute, die so ein Getue drum machen, daß sie wohl bald „abgeholt" würden, meist sehr alt würden. Es könnte somit angehen, daß die Anneliese ihr in zwanzig Jahren wieder mit solch einem düsteren Diktat käme, wenn es bis dahin heißt, am 9. April würde sie 101 Jahr alt. Doch dann weint die Renate nicht mehr, sondern denkt bloß, „wenn es denn mal so wäre!"

Ich verabschiedete mich mit dem erhebenden Gefühl, nun schon den zweiten erfüllenden Besuch bei Frau Lüvers im Spital absolviert zu haben. Das Wetter war so wunderschön vorsommerlich geworden, so daß ich bei meinen Auslosereien immer gehofft habe, ich könne nochmals etwas Aushäusiges betreiben. Doch dieser Wunsch erfüllte sich nicht, und auch der Klub kam heute nicht zum Zuge. Darüber ist es dunkel geworden.

Sonntag, 2. März

Nieselnd trübe, aber nicht reizlos

Im Traume *hatte der Christoph soeben ein Eck aus dem letzten Satz von Beethovens Frühlingssonate auf der Violine gespielt, und einen Ton so künstlerisch eingefärbt und rührend vibriert.*

Im wahren Leben sollte ich den Christoph bald mal anrufen, um ihn bezüglich eines Orgel/ Violinprogramms um Ideen und Vorschläge zu bitten, auch wenn Bitten dieser Art bei einer einsamen Frau natürlich auch als "dünner Vorwand" ausgelegt werden können, und ein bißchen ist es natürlich auch so, daß ich die Frau vom Christoph verdächtige, mich zu verdächtigen, ein Auge auf ihren Mann geworfen zu haben. Ein lastender Verdacht, der im Weltgeschehen vielerorts immer wieder aufkommt, und worunter sich ein Ehemann, oft ohne es zu bemerken, wie ein Wurm zurecht komprimiert. (Ein jeder spürt etwas, und niemand wagt es auszusprechen.)

Am Morgen legte ich meine im Jahre 1995 interpretierte Chaconne von Bach ein, um der Darbietung durch die Ohren vom Professor Kebab in Trossingen zu lauschen.

In der Tat gibt es in der Mitte eine unglaubliche Temposchwankung zu beklagen, und der Anfang schien mir ebenso wenig geglückt. Ich stellte mir bildhaft vor, wie der Professor schmerzlichst, wie unter Peitschenhieben das Gesicht verzieht, um die Nicole mit der Meinung, daß dies einfach grauenhaft sei, zu infizieren.

Das „Hoch Helga" hatte sich stillschweigend aus unserem Leben hinfort gestohlen. Es nieselte leicht, und auf mich wartete ein ungeheuer einsamer Sonntag. Dem Sport hatte ich auf der Ausloseliste eine 30 prozentige Chance eingeräumt, und tatsächlich dauerte es nicht sehr lange und er kam zum Zuge.

Auf dem Weg zum Klub dachte ich über den Opa nach: Der Opa hatte nicht gewußt, daß man seine innere Batterie nur dann aufladen kann, wenn man etwas schafft oder lernt. Er dachte irrtümlich, man müsse viel schlafen, um sie wieder aufzuladen — doch der Schlaf beraubte ihn seiner ganzen Energie.

Auch das stumpfsinnige Herumgeturne unter stumpfsinnigen Dudelmusiksklängen saugt einem eigentlich nur die Batterie leer.

Wieder daheim rief ich in Ofenbach an, doch niemand hob den Hörer ab, und dadurch fühlte ich mich einsam und vergessen.

Bis zum Abend hatte ich nur noch mit einem einzelnen Menschen Kontakt: Herrn Diederich vom Celler Künstlerverein.

Herr Diederich stotterte stark, und ist überhaupt ein sehr umständlicher Mensch, so daß ich schon um mein Tiefkühlessen, das auf dem Herd vor sich hinköchelte bangen mußte. Nun hätte ich die Möglichkeit gehabt, mich als „Frau ohne Gesicht" im Gewande irgendeines interessanten Charakters zu präsentieren, und mich demzufolge an einer Palette unterschiedlichster Wesensanstriche zu bedienen:

Die Skala des Möglichen ist üppig angelegt wie die Welt der Tonarten, und reicht von „kühl wie Buzens ehemalige Schwiegerschülerin Roswitha", bis hin zu „warm wie Frau Picker", einer Dame aus Linz. Doch auch dieses Telefonat, daß den Kern zu einem eventuellen Konzert mit Ming in Celle barg, stimmte mich nur mittelfroh, weil es hieß, dies sei noch keine verbindliche Zusage. Er müsse erst in der Programmbesprechung damit durchkommen, und nun hatten wir so lange herumtelefoniert, und das Essen war hernach ganz zerkocht.

Montag, 3. März

Bergend bewölkt

Ich wirbelte einem arbeitsbefüllten Alltag entgegen, obwohl ich theoretisch überhaupt nichts hätte tun müssen.

Beim Üben auf der Violine war ich sehr müde, bettete mein Kinn auf den Kindhalter, als handele es sich um ein Kissen, und schaute dazu müde aus dem Fenster.

Als die Stephanie, das Fräulein aus dem prachtvollen Altbau gegenüber, um zehn nach acht das Haus verließ, dachte ich über Passagen nach, die ich in einem Buch über den Dahmer – einen Mörder aus Amerika – gelesen hatte. Sein Leben im Gefängnis war so leer, daß sogar ein Haarschnitt zum Ereignis geriet. Und mein Leben wiederum ist so leer, daß ich es Tag für Tag gebannt verfolge, wie die Stephanie zum Dienst strebt.

Diese allmorgendliche Hinfortstrebung eines Fräuleins gerät in meinem Leben zum Ereignis, auch wenn in diesem Hinfortstrebungsvorgang niemals irgendeine Abweichung zum Vortag festzustellen ist. Doch grad dies wird zum Faszinosum – einer Konstante in meinem Leben. Eine Beruhigung mit der Kernbotschaft „Es ist alles beim Alten – übe du nur weiter!" Ein langhaariges Fräulein, das sich auf ihrem zügigen Wege von der Haustüre bis zum Auto keinen Blick nach rechts oder links erlaubt, sich im Gegensatz zu Rehlein und mir von nichts aufhalten lässt, federnden Schrittes auf das kleine schwarze Auto zuschreitet, sich im Inneren eine Cigarette zwischen die Lippen steckt, den Motor zündet, und alsbald aus meinem in seiner Vieltönigkeit eintönigem Leben gesogen wird.

Dadurch, daß ich mich märzgemäß eine viertel Stunde früher erhoben hatte, lag nun eine, im Vergleich zu früher, leicht gedehnte Frühstückspause vor mir, und wer hätte jetzt gedacht, daß ich mich noch einmal eine viertel Stunde lang zu einem Kurzschlummer in Buzens Bett legte? Die Rolläden waren bereits emporgezogen, und somit fühlte ich mich, als würde ich in einem Glasgehäuse vor den Augen der Öffentlichkeit ins Bett steigen. Und dort war´s schön! Auch wenn die Straße vor dem Fenster um diese Uhrzeit meist wie leergefegt ausschaut, so fühlte ich dennoch hundert Augenpaare auf mir lasten, die verwundert auf dieses dornröschenartige Frauenzimmer blicken, das in tausendjährigem Schlafe versunken scheint? Man wird leicht wie Luft, und scheint sich ins süße Nichts aufzulösen.

Hernach war ich noch ganz erfüllt von diesem kleinen Umschlummer, und benutzte Worte von Herrn Herberger, die der nach außen hin so verschlossene alte Herr einmal über eine Brahms-Sonate verlauten ließ: „Es war unerhört schön!“

Da rief mein Freund, Herr Großmann an, um sich für die Geburtstagswünsche zu bedanken.

Ich gab mich äußerst plauderfreudig.

"Jetzt bist du alt!" sagte ich wie eine aufgeweckte Siebenjährige.

Seit kurzem haben die Großmanns ein zweites Töchterlein, und ich erfuhr, daß das neue Baby so anders aussähe als einst die kleine Judith – doch man will ja nichts gedacht haben. Vielleicht wurde es auch vertauscht, wer weiß? Es sei laut, habe eine blecherne Stimme, die einem in den Ohren weh tut, und die großen familiären Empfindungen haben sich zur Stund´ leider noch nicht eingestellt.

Im Fernsehen lief der Karneval aus Rio. Vogelstraußartig zurechtgemachte Schönheiten, mit bunten Federboas garniert, warfen das Tanzbein in die Höh´, und in der Luft brummte Frohsinn und Übermut. Wehmütig dachte ich darüber nach, wie schön es jetzt wäre, wenn ich angesichts dieses Spektakels in einen begeisterten Rausch verfiele! Wenn ich einen freudigen Mitfeierungsgeist in mir pochen fühlte? Das Leben würde sich in ein buntes Abenteuer verwandeln, wenn ich all diese Empfindungen mobilisieren, und als Teil eines jubilierenden Miteinanders in der Anonymität von Rio versinken würde…doch im wahren Leben lockt mich nicht einmal die Fasnet in Hausach hinter dem Ofen hervor.

Hernach lief eine Reportage:

In einer Seniorenresidenz hatte sich eine 77-jährige Dame mit dem 92-jährigen geistig regen "Hans" angefreundet. Die Dame war schon etwas tütelich geworden, und hatte in der Aufregung, daß ein

Reporter vom ZDF gekommen war, vergessen wie alt sie ist. Doch der Hans hat's gewusst: „Am 25. Juni wird sie 77 Jahre alt!" sagte er stolz und freudig, weil er dank seiner geistigen Frische, die er sich noch lange bewahren möchte, nicht so leicht etwas vergisst.

Dann schaute ich eine Reportage an, die mich sehr erschüttert hat: Eine ganz entzückende schwäbische Ehefrau mit weißen Röllchen auf dem Kopf verlor ihren Mann nach dreißig Ehejahren an eine Jüngere.

Um zu erfahren, wie sie ihn zurückerobern könne, besuchte sie einen Hellseher, und ging dabei einem Betrüger auf den Leim, da er dauernd noch mehr Geld brauchte, um noch besser hellsehen zu können. Nach und nach versank die verlassene Ehefrau in Schulden.

"Weil ich nicht bösartig bin, glaube ich, andere seiens au net!" sagte sie so rührend, und beim Blick auf ihr altes Haus sagte sie: "Da war ich mit meinem Mann so glücklich!"

Ich schaute in das enttäuschte Seniorengesicht und war tief berührt.

Am Nachmittag freute ich mich auf den nächsten Spitalbesuch bei Frau Lüvers.

Unterwegs gewahrte ich die Landschaftsmitarbeiterin Frau von der Nahmer mit ihrer so auffällig orangegefärbten Frisur. Sie stand auf dem Zebrastreifen, wo sie von einem Herrn bequatscht wurde, und somit zum Stillstand verdammt war. Ich näherte mich dem Gespann, hob grüßend die Hand, und trichterte interessiert die Ohren: Man sprach über Fahrräder, doch dies schien mir nur ein Vorwand, da der Herr einfach die reife Aura von Frau von der Nahmer genießen wollte.

Als ich später im Schreibwarenladen Pufferfolie kaufte, sagte der Verkäufer in norddeutschem Humore schelmisch: „Wollen sie darin ihre kostbare Stradivari einpacken?"
„Höhö!" lachte ich belustigt und verbindend.

Ming hatte geschrieben, und sagte die Konzerte, die ich ihm angeboten hatte, freudig zu, dieweil es ja noch so lange hin ist, und er als Verliebter ohnehin nur im hier und heute lebt. Mings Brief löste einen großen Mitteilungsschwung in mir aus. Mehr noch: Man tippt eine Passage nieder, und anhand eines einzelnen Wortes fällt einem etwas ein, was nicht das Geringste mit dem Projekt zu tun hat: Ich tippte: „Am heutige Rosenmontag", und beim Wörtchen „Rosenmontag" fiel mir der Klavierprofessor W. in Trossingen ein, der dies Wörtchen ganz sicher zu einer Witzelei genützt hätte, um die Lacher auf seine Seite zu ziehen: „Am heutigen Hosenmontag!"
Ich sah den Professor beim Zünden dieses, auf dem Papiere sicherlich dünn wirkenden Scherz´ vor mir, und lächelte ihn leicht belustigt an, denn auch bei Scherzeleien gilt: Der Ton macht die Musik!

In den Nachrichten hörte man, daß die Türkei zu einem Ansinnen von den Amerikanern „Nein!"

gesagt hat. Es ging um den Winkel, von dem aus man Bagdad bombardieren wolle — der steht dummerweise auf türkischem Terrain.

Ferner erfuhr man, daß Olli Kahn einem Promiluder verfallen sei. (Verena K.)

Der müde Mensch beginnt alles doppelt zu sehen. Die Buchstaben lösen sich aus dem Schmöker, mit dem man sich die Abendstunden verschönt, schweben über dem Blatt und scheinen keinen rechten Halt mehr in Aug´ und Hirn zu finden.

Nach Mitternacht schleppte ich mich unendlich müde ins Bett, und als ich endlich drinnen lag …

Dienstag, 4. März

Zartgrau bewölkt. Am Vormittag schimmerte zeitweilig die Sonne durch

…war ich so unendlich froh, endlich drin zu liegen.

Wie aus dem Nichts heraus war ich am Morgen in den nächsten Tag hinübergeschaufelt worden.

Bald darauf stand ich am Fenster und übte den zweiten Satz vom Brahms Konzert. In die göttlichen Klänge eingehüllt, spitzte ich gegen acht Uhr aufmerksam die Sinne, und schaute solcherart auf das Bildschirmschoner Haus drauf, als handele es sich um eine Kuckucksuhr, auf der sich jeden Moment das Fenster öffnen würde, und ein kleiner Kuckuck eine neue Stunde im Leben vermeldet.

Gegen viertel nach acht wurde ich als Nachbarin unruhig, und frug mich, ob die Stephanie wohl verschlafen habe?

Zeitgleich öffneten sich die Türen der Möllers und der Öttens.

Gottseidank: Die Stephanie, vielleicht leicht verspätet, und doch wie allmorgendlich wie aus dem Ei gepellt aussehend, bewegte sich hurtig ihrem Auto entgegen, und Dorothea Möller führte auf ihre überaus stringente, etwas windverblasene Art den Hund aus. Die beiden Damen grüßten einander nicht, da sie sich je in höchster Eile zu befinden schienen, und doch spürte auch ich die inneren Stömungen von Frau Möller, ob sie nun grüßen solle oder nicht, und ihre Erleichterung darüber, daß es scheinbar nicht Not tat. Wahrscheinlich hat sich Frau Möller *nach Art von Omi Mobbl in die Idee verbissen, daß die Nachbarn unmögliche Leute sind – zumindest möchte sie die ganz unmöglich finden, da man als windverblasener Mensch immer jemanden braucht, den man ganz und gar unmöglich finden will, und an dem man sich ein Beispiel nehmen möchte, wie man nicht sein sollte.*

Frau Möller denkt sehr viel über die Nachbarn nach, und würde auch gerne pausenlos über sie reden. D.h. sie möchte es eigentlich gar nicht, kann diesen brennenden Wunsch jedoch nicht abstellen, und geht ihrem Jürgen damit nun doch allmählich auf den Wecker.

Mittags traten Rehlein und Buz ihre Reise von Ofenbach nach Bad Tatzmannsdorf an. Der süße Buz am Telefon sagte lediglich: „Mach's mal gut, mein Schatz!" Es klang freundlich und harmlos und erinnerte mich an Opas Kusine, das Ilslein, das gegen Ende seines Lebens nur noch freundlich gesagt hat: „...und wie geht's dir so alleweil?" und nach zwei Minuten frug sie dies erneut...

Wieder brachte ich zehn Bewerbungen auf die Post, und eine war gar an den renommierten Konzertpianisten Hans Christian Wille gerichtet, der das große Classix-Festival in Braunschweig betreibt, und in jungen Jahren gesagt hat: „Ich war besser als die anderen, und ich wollte der Beste sein!"
Dies weiß ich von Onkel Dölein, der einst höchst interessiert den Van-Cliburn-Wettbewerb in Amerika verfolgt hat: Die jungen Pianisten wurden gefragt, was sie dazu bewogen habe, Pianist zu werden? „Meine große Liebe zur Musik!" sagten die meisten in diesen oder ähnlichen Worten, während HCW das oben zu Lesende von sich gab.
Die Postbeamtin war fast ein wenig streng zu mir und ordnete an, daß ich die zehn Briefmarken selber aufkleben müsse. Verlegen tat ich dies an einem Stehtisch.

Tapfer mühte ich mich um 18 Uhr wieder mit meinem öden Fitnessprogramm ab. Der eine Mann, der ausschaut wie ein gengepanschter George ← (der amerikanischstämmige Ehemann von Mings Exe Insa), und den ich demgemäß auch „George" genannt habe, hat leider so eine ungute Ausstrahlung, und wirkt seelenlos wie ein Roboter. Seine

Existenz, besonders wenn ich angestrengt bin, ärgert und stört mich, so daß ich wünschte, den gäbe es überhaupt nicht.

Am Abend telefonierte ich mit der Pfarrgattin Frau Wolff in Trendelburg. Frau Wolff regte sich ein bißchen darüber auf, daß es bei meinem so schönen Konzert in Immenhausen so scharmfrei zugegangen war: Keine Blumen, keine Dankesworte, kein gar nichts! Der Pastor dort habe überhaupt kein Benehmen, und einmal sei er in Sandalen ins Konzert gelatscht, und habe dazu ein Eis geschleckt!

Mittwoch, 5. März

Hellgrauer Himmel

Bedingt durch meine Bettschwere gerieten die gesammelten Gedanken in meinem Gehirn in eine schwammige Rotation, und somit träumte ich allerlei: *Ich stand an einer Bushaltestelle und entfaltete den Stadtplan von Shanghai, um einen fröstelnden Herrn neben mir nach einer höchst entlegenen Straße zu fragen. Der Herr riet, entweder die Linie Nummer acht oder Nummer neun zu nehmen, und eine ganze Weile lang damit zu fahren. Dann würde ich an einer sehr interessanten Stelle an Land gespuckt.*

Um elf Uhr kam meine liebe Bratschenschülerin Frau Schinke, und brachte mir so ein schönes

Sträußlein mit, das in einer urnenförmigen weißen Vase stak, die im Geschenk gar inbegriffen war.

Frau Schinke kommt mir in letzter Zeit so dünn vor, obwohl sie doch eigentlich gar kein dürrer Typ ist.

Zum Dank für das Sträußlein, aber auch aus Freude darüber, daß sich eine so alte Dame noch mit dem Bratschenspiel abmüht, unterwies ich Frau Schinke so schön ich nur konnte im letzten Satz von Schuberts D-Dur Quartett, und tatsächlich lud mir der Unterreicht meine innere Batterie etwas auf.

Mittags telefonierte ich mit Ming.

„Hast Du Erfolg mit deinen Unternehmungen?" frug Ming auf Art eines Normbruders, mit dem man nur sporadisch Kontakt hat. Eine Frage, die man zur Stunde leider noch nicht mit einem frohen "Ja!" beantworten kann, und doch möchte man sich vor den Verwandten in dieser Hinsicht keine Blöße geben.

Als ich soeben zuende gekocht hatte, sah ich einen Schatten vor dem Fenster: Meine neue Schülerin Maria, die ich vollkommen vergessen hatte, so daß man wirklich drei Kreuze machen darf, daß ich nicht aushäusig war!

Auf dem Unterrichtsprogramm stand das Bratschenkonzert von Zelter, und auf das Interpretatorische legte ich allergrößten Weg. Ferner war ich sehr bestrebt, einen pädagogischen Fehler Buzens zu vermeiden:

Buz ließ die Maria nämlich nie vorspielen, weil es den Pädagogen in ihm stets schon beim Auftakt gejuckt hat, eine kritische Anmerkung zu machen, und die Maria spielt doch so gerne vor!

Nach dem Unterricht war ich sehr einsam und malte mir genußvoll aus, *wie ich die Omi anrufe und ganz überraschend sage: „Ich komme Dich besuchen, Omi. Und zwar schon bälder als es dir lieb sein dürfte: Heute Nachmittag! Und dann komme ich tatsächlich, und erzähle, daß die Einsamkeit einfach nicht mehr zu ertragen war.*

Heute radelte ich zum dritten Mal zu Frau Lüvers ins Spital. Dort lernte ich schon wieder eine neue hüftkranke Dame kennen, die man zunächst von der Ferne an einem Tische sitzend für eine Besucherin hätte halten können, und die eine noch etwas anwärmungsbedürftige Ausstrahlung hatte.

„Frau Strauß", wie sich herausstellte.

„Haben Sie etwas mit Richard Strauß zu tun?"

„Nej!"

Eine zirka 48- bis 50-jährige Variante von Buzens unehelicher Exschwiemu — der pagenköpfigen Mutter von der Hilde.

Frau Lüvers machte gleich einen so unglaublich schmeichelhaften Wortwirbel um mich, der sich in den Ohren von Frau Strauß ganz übertrieben ausgenommen haben dürfte.

Interessiert erkundigte ich mich nach der seniorenresidenzinsassenartigen* Dame vom letzten

Mal, auf die ich mich doch schon leicht vorgefreut hatte. Doch die sei gestern entlassen worden.

*Wort in Überlänge.
Bitte tauschen Sie es durch ein Wort in Normlänge aus. Ihr Verlag.

„Ich dachte schon sie wäre verstorben!" sagte ich, so daß Frau Strauß nun doch ein bißchen ihre Sinne auf mich lenkte, denn welch ein moderner Mensch redet schon so daher?

Ich beplapperte die Damen unbefangen und erzählte, daß meine Mutter die Neigung habe, immer weg zu reisen, und nicht wieder zu kehren, und ging dabei sehr in die Details. Eines Tages reiste sie nach Niederösterreich, und blieb drei Jahre dort.

Da lernte ich plötzlich die Anneliese durchs Telefon kennenlernen. Jemand knurrte oder bellte etwas durch den Hörer.

"Das ist sicher die Anneliese? Es klang so grob!" dachte ich. Und so sagte ich zu dem alten Knochengestell am Ende der Leitung: "Sind sie die Anneliese?" „Ja!"

Überraschenderweise sagte sie gar „Danke" und „Tschüss" zu mir, doch es heißt ja, sie würde jetzt am Ende ihres Lebens immer netter. Wie ein alter Ofen, der sich langsam aufwärmt.

Da bewehte mich ein Hoffnungshauch bzgl. dem bösen Uschilein. Vielleicht wird auch das Uschilein im Alter immer netter?

Es pochte an der Tür, und eine weitere Dame kam zu Besuch: Die gepflegte, fast 65-jährige Frau Eden aus Frau Lüvers Stammtischgruppe.

Auf ihre entzückende Art erzählte Frau Lüvers, daß sie die pagenköpfige Frau Strauß erst heute morgen kennengelernt habe, und was die Damen seither schon alles geplaudert hätten, das könne man sich gar nicht vorstellen.

Das glaubte ich ihr aufs Wort.

Frau Lüvers trug ein Sonett vor, das ihr verstorbener Mann einst niedergedichtet hat, und kämpfte dabei zweimal intensiv mit den Tränen.

Wir erfuhren, daß Frau Eden leider auch schon Witwe sei: Vor sieben Jahren verstarb ihr Mann Gunnar im 59. Lebensjahre einfach im Schlaf. (Bluthochdruck)

Nach dieser betrüblichen Geschichte erhob und empfahl ich mich.

Frau Lüvers warf mir noch ein Kußhändchen nach, und ich radelte in den Klub. Dort sprach mich eine Bäckereibedienstete mit Namen „Frau Fröhlich" an. Sie suchte den Dialog, und stählte gleichzeitig ihre Waderln, während ich beim Rasen auf dem Laufband nicht vom Fleck zu kommen schien.

Später waren wir nochmals Nachbarn, als Frau Fröhlich ihre Brustmuskulatur stärkte, um für ihren Mann erotisch zu bleiben.

Donnerstag, 6. März

Nieselnd trübe

Um zehn Uhr wütete ich mit meiner Karrierearbeit los. Ich legte meine KlickTel-CD ein, bewegte den Cursor rechts von Frankfurt hinweg, um nach einem neuen Ort mit Kirchturm Ausschau zu halten, und lernte auf diese Weise "Herrn Nagler" kennen – einen etwas ernsten, aber nichtsdestotrotz sehr nach Konversation ausgehungerten Herrn, der sogar einen Pfarrer als Schwiegersohn hat, an den mich zu wenden er mir riet. „Sagense „n´schönen Gruß"" – doch das Wörtchen „Gruß" kann man sich von meinen Lippen nur in verhohnepipelnder Form vorstellen, und besonders wenn jemand, der nie Briefe schreibt einen „Gruß" bestellen lässt, so könnte ich die Wände hochgehen!

Ich setzte meine Anrufe fort:
Eine Dame klang sehr verschnupft, erwies sich gleichzeitig jedoch als ungeheuer hilfsbereit. Unter Gehuste und Gepruste suchte sie mir ehrenamtlich Telefonnummern vereinzelter Kantoren heraus.
Ich am anderen Ende der Leitung war tief beschämt, und konnte gar nichts machen, um meiner Beschämung Ausdruck zu verleihen, da sie sich beim raschelnden Heraussuchen vom Telefon hinweggekrümmt hielt.

Eine andere Kantorin – von der Segensgemeinde in Frankfurt – war so nett, daß man sich schon fast befreundet hätte.

Sogar eine gemeinsame lose Bekannte fand sich: Frau Petrenko in Trossingen. (Eine Klavierbegleiterin – Typus der verstaubten Babuschka aus dem Moskauer Konservatorium).

"Die ist so süß!" sagte die nette Kantorin warm.

Die Veronika hatte die Parte ihres Vaters geschickt, doch leider ging daraus nicht hervor wie tief die Trauer ist, da man angesichts einer Trauer, die sich nicht in Worte kleiden lässt, nur hilflos Namen und Eckdaten des Verblichenen darauf – und die Namen seiner Lieben, denen er einen Schritt vorausgegangen war, darunter gesetzt hatte.

Ein schönes Foto, das wie ein idyllisches Heimatbild aus der Haferflockenpackung ausschaute, war ebenfalls beigelegt, und zeigte die Familie bei einer Bergwanderung vor vielen, vielen Jahren, als die Farbfotografiererei soeben erfunden worden war.

Gegen Ende der Bürositzung rief Buz an, um sich die Nummer vom Schröder Wolfgang geben zu lassen.

„Habt ihr die CD schon angehört?" frug ich neugierig.

„Ja, wunderschön!" sagte Buz nett und eilig in einem. Ich hätte so gerne noch viele Schwärmereien darüber gehört, obwohl mir das Trio Parnassus doch eigentlich wurst sein kann!

Im Geiste philosophierte ich mich selber über die vielen üblen Menschen an, die z.T. unauffällig unter uns leben, da sich die Schlechtigkeit mit einer oberflächlichen Nettigkeit leicht übertünchen lässt. In Wirklichkeit sind sie äußerst gemütsarm, und sehen dem Treiben auf Erden aus einer vermeintlich höheren Warte in leisem überheblichem Hohne zu. Nur wenn Musik gespielt wird, dann räkeln sich vertrocknete Reste aus ihrem Lebensbeginn, Relikte aus einer Zeit, bevor das Schicksal sie seelisch so grausam deformiert hat.

Drum haben die Gefängnisgeistlichen dem Dahmer Musik vorgespielt: Seelenbereinigende Werke von Bach, aber auch gregorianische Gesänge, wie ich mich nun erinnerte, gelesen zu haben – kurzum, Werke deren Weisheit dort beginnt, wo das Wort endet.

Wie es der Zufall will, kam heut auch in „Hallo Deutschland" dieses Thema zum Zuge: Wir Zuschauer erfuhren, daß auch Tiere Musik brauchen, wie die Luft zum atmen. Vorgestellt wurde der Fall einer hyperaktiven Hündin, die nicht schlafen konnte, obwohl sie stundenlang draußen herumtobte. Dann kaufte man ihr eine Hunde-CD mit Schlummermelodien für den Hund, und jetzt schläftse!

Inzwischen fehlen mir die Spitalbesuche bei Frau Lüvers, und theoretisch hätte ich mich ja in diesem Nieselwetter aufmachen können, um meine noch so frische Bekannte, Frau Strauß zu besuchen?

Doch ob wir so kompatibel sind?

Eigentlich könnte ich es mir doch zum Hobby machen, jeden Tag ins Spital zu gehen. *Ich lerne die neue Mitinsassin von Frau Strauß kennen, freunde mich mit ihr an, besuche sie, lerne ihre Mitinsassin kennen und so geht es immer fort wie beim Zopfflechten…mein Freundeskreis wird größer und größer. Die pagenköpfige und nach außen hin spröde Frau Strauß würde ja nicht schlecht staunen, wenn ich käme und sagte: "Ich hatte gerade mega Bock Sie zu besuchen. Sie haben doch nichts dagegen?"*

Abends rief ich meine Freundinnen, die Schwestern Monika und Thekla nacheinander an, obwohl, oder auch vielleicht gerade *weil* ich mich sehr ermattet fühlte. Zuerst die Monika, denn wenn der Mann von der Thekla mittlerweile verstorben sein sollte, so wollte ich nicht einfach so mit meinem Anruf in die Trauer hineinplatzen. Doch nun erfuhr ich von der Monika, daß es dem Schwager viel besser ginge. Morgen wird er gar aus dem städtischen Spital entlassen.

Mit der Monika fachsimpelte ich über meinen Vetter Friedel, einen eventuellen Ehekandidaten für sie, die sich nach dem sicheren Hafen der Ehe sehnt. Der Friedel sei am Telefon höflich, aber auch ein wenig unverbindlich gewesen sei – so wie meist. Doch die tapfere Monika überspielte das Betrübliche mit forscher, lebensbejahender Munterkeit.

Hernach rief ich die Thekla an, und erfuhr Folgendes: Ihre Kinder sind zur Zeit beide krank, dieweil sie immer krank sind. Ungeachtet ihrer beneidenswerten Jugendfrische von elf und neun Jahren, sind sie bereits jetzt wandelnde Krankenakten.

Nach den Telefonaten machte ich es mir auf dem Sofa bequem, und las in der „Brigitte" z.B. darüber, daß eine einzige heiße Nacht das Leben eines Menschen vollkommen verändern kann. Eine Frau verfiel einem italienischen Kellner auf einer Ferieninsel. Sie flog nur noch rasch nach Hause, um zu packen, und ihren entsetzten Eltern Lebewohl zu sagen.

Doch eigentlich war ich selbst zum Brigittelesen zu müd.

Freitag, 7. März

Weißwölkig und bleich

In Buzens Bett, das mir ja nur mehr „auf Zeit" zur Verfügung steht, pflegt mich ein unerhörtes Behagen zu umschlingen. Demnächst wollen Buz & Rehlein jedoch wieder nach Hause kehren, so daß ich die schöne Bettstätte bald räumen muß.

Heute stellte ich mir vor, ich hätte ganz viele Schlaftabletten genommen, und würde somit aus diesem Schlummer nicht mehr erwachen.

Sehr interessant fand ich den Übertritt in den (gefühlten) ewigen Schlummer. Die Seele, leicht wie Luft, wurde der sterblichen Hülle entsogen.

Dann schrillte mich das Telefon allerdings wieder ans Tageslicht. Ein Anruf aus Plauen - jenem Ort, wo ich unentgeltlich spielen soll.

„Sind Sie noch interessiert?" frug die Sekretärin, und ich wäre fast in Plauderschwung geraten, weil ich auf seniorile Weise nicht bedacht hatte, daß es sich nur um einen kurz angebundenen Geschäftsanruf handeln sollte. Theoretisch hätte ich aber auch sagen können: „Sie sind gut! Ich habe gerade 50 Schlaftabletten genommen und wollte aus dem Leben scheiden. Und jetzt haben sie mich aufgeweckt!"

Aurich lag verhangen in blassbleichem Frühnebel vor mir.

Als ich am Vormittag auslosebedingt auf der Violine übte, hörte ich es unten ganz leise rascheln. Mir war zumute, als sei ein kleines Mäuslein im Haus. Frau Meyer war's.

Frau Meyer, eine Dame die in Riesenschritten auf die siebzig zugeht, ist eine Reinmachefee auf Gnadenbasis, bei der Teetrinken absolute Priorität hat, und so schickte ich mich augenblicklich an, in der Küche einen Ostfriesentee aufzubrühen.

Schließlich saßen wir beim Tee.

Frau Meyer erzählte, daß sie nicht einfach nur so dasitzen könne, denn dann würde sie gleich an ihre

Krankheit denken, und es sind bloß drei Jahre um. Erst in fünf Jahren darf man sich als geheilt bezeichnen – auch wenn sie sich doch vollkommen gesund fühlt. Einmal im Monat bekommt sie eine Kalziuminfusion. Die dauert jedesmal nur etwa zehn Minuten lang, doch eine Ampulle kostet 450 €uro!

Zum Schluß echauffierte sich Frau Meyer noch auf eine Art, als spräche man über einen politisch unhaltbaren Zustand, über ein dampfendes Hundekackwürstl vor unserem Haus.

Mittags brachte ich zwei Bewerbungen auf die Post.

Von der Rolltreppe neben der Post ist vor einigen Tagen ein Jugendlicher in die Tiefe gestürzt, der jetzt mit schweren Verletzungen im städtischen Spital liegt. Jemand hat einen Kranz niedergelegt, und an der Wand sind zwei Briefe für den Unglücksraben angepinnt: In einem wird die Hoffnung laut, daß er vor seinem Exitus noch zu Jesus Christus finden möge, und den anderen, etwas persönlicheren haben zwei Damen im Duett geschrieben. Vielleicht zwei Klassenkameradinnen?

"Wir haben dich verdammt doll lieb!" stand da unter anderem sehr nett und persönlich zu lesen.

In der Fußgängerzone traf ich auf Mings unehelichen Exschwiegervater, den Maler Otloff.

Wir standen in der Nähe von jenem rosa Stier aus Mörtel, den ein mürrischer Künstler vor einigen

Jahren angefertigt hatte, um der Stadt eine persönlichere Note zu geben.

Interessiert frug ich Herrn O. über seine abtrünnige schwäbische Ehefrau Gerda aus. Ob sie sich nie wieder gemeldet habe?

Ich hatte schon richtig erahnt, daß sich die Gerda auf typische Erwachsenenart nie wieder gemeldet hat. Sie scheint sich selber aus seinem Leben ausradiert zu haben.

Herr Otloff muß sehr viel über diesen herben Schlag in seinem Leben nachsinnieren. Diese Peinlichkeit immer, wenn andere sich scheinheilig nach seiner Frau erkundigen, und die mitleidigen Blicke!

Der neue Mann von der Gerda sei Leptosome, wenn man sich etwas darunter vorstellen kann? Ein schweigsamer wettergegerbter Seemannstypus, in dessen Windschatten man gar nicht wüsste, über was man wohl die nächste halbe Stunde lang schweigen solle?

Mit *ihm* selber gab´s doch zuweilen lange und anregende Gespräche! sagte Herr O. auf rührende Weise. Von den gemeinsamen Töchtern weiß er zumindest, daß die Gerda zehnmal so viel Migräne habe wie früher.

Mit seiner neuen Flamme, der Nachbarin von Frau Saathoff herrscht zur Zeit leider ebenfalls Funkstille, so daß Herr O. ganz ausgehungert nach Zuspruch und menschlicher Wärme ist.

Am Abend tätigte ich mehrere Anrufe, die ich mir allesamt auslöste: Zuerst rief ich die Tante Lisel in Blankenfelde an. Doch die Liesel hat leider keine so gute Telefonwellenlänge zu mir:

„Ja?" Sie meldete sich kurz angebunden und völlig unverbindlich. Man möchte nett und enthusiastisch sein, doch die Herzenswärme, die man in sich geschürt hat, wird irgendwie abgefangen, und als überflüssig erachtet in den Wind geschlagen.

Ebenso erging es mir mit Rehleins Rivalin „Erika", der Frau von Jochen Z., die sich, zwar nicht ungut, so doch etwas rau und verstaubt anhörte, und keinerlei Mitteilungs- oder Austauschschwung auslöste.

Samstag, 8. März
Aurich – Rotenburg an der Wümme

Triefend trübe

In meine Träume verquirlten sich peinliche Situationen: *Ich saß am Tisch und ging einer Strickarbeit nach – mich dabei fühlend wie eine brave Pfarrfrau. Doch als ich mich erheben wollte, hatte sich die strickende Hand auf ungeschickte Weise im Hosenbund eines fremden Herrn verfangen, so daß ich mich nur mit allergrößter Mühe, und von entgeisterten Blicken durchlöchert, befreien und beschämt verschwinden konnte.*

Ein andermal spielte ich einen Satz aus Bachs h-moll Partita auf der Bühne, und irgendeine haarige Hand hielt

einen Telefonhörer aufdringlich auf mich drauf gerichtet. In der
Leitung saß „jemand vom Fach", der zwar keine Zeit hatte,
sich zurechtzumachen und ins Konzert zu begeben, jedoch
mürrisch gelobt hatte, ein kritisches Ohr auf mein Spiel zu
werfen. Und nun verspielte ich mich andauernd aufs
peinlichste!

In meinen Wachphasen wurde ich manchmal von leichten Angstwogen umspült, da ich heute abend in Rotenburg debütieren würde. Zu Bedenkendes purzelte mir ins Hirn und stapelte sich zu unüberwindbar scheinenden Hürden. Obwohl ich doch nur zwei Tage lang aushäusig zu bleiben gedachte, schien mir das zu Erledigende und vorallem das zu Bedenkende nahezu unbezwingbar.

Zunächst wusch ich mein Haupthaar, um mich hernach im Duschhäusl zu verlieren.

Mein Auto wiederum verliert leider etwas Öl, wie mir dort nun ins Bewußtsein gespült wurde, und ich erwog, den Rat eines Fachmanns einzuholen.

Wenig später erzählte ich Ming am Telefon, daß mein Auto leicht inkontinent geworden sei. So wie ein Altersheiminsasse, bzw. der Bewohner einer Seniorenresidenz, ging ich zu Verdeutlichungszwecken ein wenig ins Detail. „Aber vielleicht gibt es ja Autopämpers?" scherzte ich auf lose Art (loser als ich mich fühlte). Schließlich machte ich mir selber Mut, und wandelte mein Auto im Geiste in eine ganz zuverlässige alte Frau um, die mit 98 Jahren immer noch einigermaßen schmackhaft und gesund für ihren Mann kocht. Dies tat ich zu jenem Zwecke, um etwas Fröhe über die bloße Existenz des Autos zu schüren.

Kurz vor elf war das Auto startklar und ich fuhr los.

Zur Mittagsstund´ traf ich in Fischerhude ein.

Sehr warm wurde ich von Achim Großmann empfangen, der mir dank weiser Worte, die ich in einer stillen Stunde an mich selber gerichtet habe, auf wundersame Weise nicht mehr auf die Nerven geht. Ich empfinde nur noch Freude und Dankbarkeit, so wunderbare Freunde zu haben.

"Du kommst gerade recht! Wir sind nämlich soeben am streiten!" sagte der Achim. Der Streit sei nicht wirklich bedrohlich, es ginge ums Haushaltsgeld, doch auf dem Gesicht von Mutti Inga, die in der Küche das Geschirr spülte, konnte der Kundige noch eine leichte Verärgerung haften sehen.

Die süße kleine Judith, die ich am Anfang freudig durch die Luft gewirbelt hatte, weil sie mir so nett entgegengeflogen war, rief dauernd: „Such mich!"

Man fand sie stets ganz leicht, weil sie ihr vergnügtes Kichern in ihrem Versteck kaum unterdrücken konnte.

„Das gibt´s ja gar nicht! WIE vom Erdboden verschluckt!" sagte ich dennoch.

Nett wäre natürlich, wenn sie sich diese jugendliche Eigenschaft - Freude an Infantilitessen, wie beispielsweise dem Versteckspiel, - bis ins hohe Alter bewahren würde.

An der Türe zu Judiths Kinderzimmer hängt in Kniehöhe noch immer jener Zettel, auf dem der finanziell oft klamme Achim Gitarrenschüler sucht. Ich bescherzte den Haushherrn damit, daß er keine findet, weil der Zettel an einer ungeschickten Stelle klebt. Ich habe ihn bei meinem letzten Besuch auch nur durch bloßen Zufall entdeckt, als ich mal mit der Judith "Pferdchen" spielte.

Mutti Inga schickte sich an, loszukochen, und ich bestaunte Achims neuen Läptop auf dem Klavier, und durfte dazu das Baby halten.

Oftmals bebusselte ich das zarte Kinderhaupt, doch so richtig entzückt bin ich eigentlich (noch) nicht, da es mir gar zu oft plärrt, und noch viel zu klein ist. Meist schaut man in ein verzerrtes, unfrohes und vor allem völlig unpersönliches Säuglingsgesicht, und als ich es kurz in den Stubenwagen legte, stellte ich mir vor, *wie die böse Klavierschülerin P. sich trefflich darauf verstand, den nervtötenden Lärm abzuschalten, indem sie dem Baby kurzerhand ein Kissen auf's Gesicht legte.*

Für sein zweites Kind empfindet der Achim bei weitem nicht so viel wie damals für die kleine Judith – aber vielleicht wärmen sich die Gefühle auch noch auf?

Bald setzten wir uns zum Mittagessen nieder. Es gab Reis mit Brokkoli. Mutti Inga stillte die kleine Ludmilla, und es hieß, daß Inga und Judith hernach aushäusig ein Puppenspiel anschauen wollten, während Vati Achim mit der Idee liebäugelte, mein

Konzert in Rotenburg zu besuchen. Ich riet, die kleine Ludmilla derweil in die Babyklappe zu legen, - am Abend könne man sie ja immer noch reuevoll zurückholen.

Das Baby war eingeschlafen, man hatte es im Stubenwagen abgelegt, und die Damen verließen das Haus, während ich dem Achim ein Angebot unterbreitete:

Ein Privatkonzert für ihn zu geben, und das abige Programm hier im Hause darzubieten. Dem engagierten Achim fielen auch zwei Damen ein, die er hinzu holen könne, damit das Vorspiel für mich noch aufregender, und ich hernach noch besser für das Konzert in Rotenburg gewappnet wäre.

Doch ich wollte lieber gleich losspielen, und bat den Achim, seine Ohren auf „Kebap-Modus" zu stellen. Ein Begriff, der nach einer Erklärung verlangt, und so erzählte ich vom Professor Kebap in Trossingen, der sich unter den meisten Darbietungen wie unter Peitschenhieben zu krümmen pflegt, da er seine Ohren drauf konditioniert hat „das Haar in der Suppe" zu hören!

Ich reichte dem Achim die aufgeblätterten Noten, und bat ihn, Aug und Ohr suchend auf eventuelle Dilettantismen zu richten, die sich bei einem erwachsenen Interpreten, der bequem geworden, und sich seiner Sache allzu sicher ist, gelegentlich einschleichen könnten, und der Achim saß dazu mit einem Schmunzeln auf seinem lieben Gesicht auf dem Sofa.

Dann griff ich nach meiner Violine, stellte mich in Positur, und begann mit der Darbietung.

Natürlich mußte ich als Interpretierende ein bißchen gegen meine Schrödergefühl ("Bin ich gut, Doris?") ankämpfen, und in der C-Dur Fuge kam ich auf Seite zwei völlig überraschen sogar raus!

Der Achim reagierte warm und nett, doch zum Schluß sagt er: „Manöver machen wir das nächste Mal!" Er meinte gar, daß ich in den langsamen Sätzen die schnellen Notenwerte nicht richtig aushalte. „Das wirkt ein bißchen unpräzise", sagte er.

Diese Worte stimmten mich sehr nachdenklich.

Die Damen waren zurückgekehrt, und Vati Achim hatte soeben eine Brotzeit mit dampfendem Tee zurechtgezaubert. Der kleinen Judith war ein beleuchtbarer rosa Stern an einer rosa Plastikstange („made-in-China") gekauft worden, um sie bei Laune zu halten, und Vati Achim gab sich seiner Frau gegenüber leicht mäkelnd: „Ob es wohl *einmal* möglich wäre, daß man nach Hause kommt, ohne solch einen Schrott gekauft zu haben?!" Worte, deren innewohnende Donnerkraft dem Gast zu Ehren etwas gemildert wurde.

Bald darauf brach ich zum Konzert auf, und kurz vor 18 Uhr parkte ich vor dem Backsteinpfarrhaus am Berliner Ring, wo die Familie Weller wohnt. Unterwegs hatte ich mir bereits vorgenommen, den Wellers so zu begegnen, als seien es die tollsten Leute der Welt, denn den größten Bammel verspürte ich stets davor, daß eine frische Bekanntschaft einen seltsamen Verlauf nehmen könnte?

Frau Weller bebellt mich mit harschen Worten, in denen der hohe Ärgerlichkeitsgrad der erwarteten Antwort bereits ahnend eingebaut ist:

„Habense Bettwäsche dabei?" und schaut mich dazu starr an wie eine Krähe – mit Augen schwarz wie Kohle.

Umso überraschter und erfreuter war ich, daß Frau Weller sich als äußerst sympathische junge Frau entpuppte. Mit einem lieben Lächeln im Gesicht und einem Zwicker auf der Nase, öffnete sie mir die Tür. Zu Anfang fühlte ich mich in ihrer Aura jedoch so, als sei ich „eine Spur zu freundlich", so daß es schon leicht ans Ölige zu grenzen drohte.

Die Backsteinkirche, in der ich heute spielen sollte, gefiel mir sehr. Ein bißchen hatte ich damit gerechnet, daß vielleicht nur vier Leute kommen, doch es waren um die 35, und ich bot gar drei Zugaben! Dann war es vorbei.

Die Wellers haben einen süßen vierjährigen Sohn, der sich ein zierendes Bärtchen aufgeschminkt hatte. Intensiv und interessiert lauschte er dem Konzert, und applaudierte gar auf eine Weise, als sei er vom Fach.

Nach dem Konzert schminkte er sich das Gesicht grün, und ich dachte an das Leben von der kleinen Judith, und verglich es mit diesem so frischen Knabenleben. Der Unterschied besteht darin, daß der kleine Johannes gar nicht ermahnt, und nur nett behandelt wird. Er lachte fröhlich, da er sich einen grünen Drachenkopf über die Frisur gestülpt hat.

In seinem gänzlich unaufgeräumten Zimmer, für das sich die Judith sicherlich einen Tadel einfahren würde, befand sich eine Holzeisenbahn, die mich so an unsere Kindheit erinnerte.

Es wurde ein feines Abendessen serviert. Herr Waller redete, und ich schaute auf seinen eierförmigen Kopf mit dem zarten Maulkorbbart drauf, und erfuhr, daß er Gambe spiele.

Sonntag, 9. März
Rotenburg an der Wümme - Scheeßel - Fischerhude

Nieselnd grau und trüb

Am Morgen träumte mir, *daß ich Unterschlupf in einem Haus gefunden hatte, das am Saum einer langen Straße stand, die still und wie gefegt wirkend vom Nirgendwo ins Irgenwo verlief.*

Das Haus gehörte einem ebenso stillen Herrn. Einer älteren Ausgabe von Johann-Christoph Weller, dem jungen Geistlichen hier.

In der Wohnstube befanden sich drei geschmackvoll verstrebte hohe Fenster direkt nebeneinander. Eigentümlich war nur, daß sie je eine völlig andere Aussicht zeigten, und dem Betrachter somit drei Aussichten geboten wurden, statt einer zusammenhängenden: Tief in den Wald hinein, auf einen lebendigen Marktplatz mit Kirche, und auf den Ausschnitt eines stillen Sees, der in der Sonne glitzerte! Nur das Wetter war einheitlich. Dies wunderte mich leicht, doch ich traute mich nicht, meine Verwunderung in Worte zu fassen, die eventuell kränkend klingen könnten?

„Was erlaubt sie sich meine Aussicht zu bemäkeln!" dachte ich mit dem Hirn des Herrn, der soeben den Tisch mit feinstem Meissner Porzellan deckte. „Will sie mir auch noch zu verstehen geben, daß in meinem Gesicht Mund, Nase und Ohren in keiner Weise zusammenpassen? Einem dünnlippigen Mund mit Tastaturgebiss, sprich, Zähnen, zu weiß um wahr zu sein, überdimensionalen Watschelohren eines alten Klatschweibes und der platten Nase eines chinesischen Politikers?"

Wenn man den Kopf links aus dem einen Fenster bog, und die Blicke an der Straße entlang gleiten ließ, wurden die Augen einfach vom Brandenburger Tor angesogen, das dort in der Ferne herumstand. Über dem Brandenburger Tor quollen tiefschwarze Wolken auf, und in der Mischung mit dem glutroten Sonnenuntergang sah es direkt so aus, als stünde das Brandenburger Tor in Flammen!

Im Hause war es ganz still.

Nach einer Weile trat ich an Land, dieweil die Familie Waller um zehne beim Gottesdienst erwartet wurde. Heute sollte jene strenge fast 63-jährige Pastorin predigen, die direkt über der Wohnung der Wallers wohnt.

Es heißt, diese Pastorin sei ganz und gar gegen das Konzert gewesen. „Ach Gottchen! Wer will denn so was hören?!" habe sie gesagt, und blieb demzufolge daheim.

„Da hat sie was verpasst!" schmeichelte mir Frau Waller nett.

Ich nahm neben dem kleinen Johannes Platz. Auf Mutti Julias Gesicht liegt immer ein warmes Lächeln, und der Johannes ist ein ganz bezauberndes Kind, das seinen Eltern gewiss nur Freude bereitet. An seinem Platz stand ein Hubschrauber aus Lego in dem ein Playmobilpilot mit einem ganz starren Gesichtsausdruck saß. Er schaute aus, als würde er prinzipiell strikt nach vorne blicken, und sich von nichts und niemandem von seinem Tun abhalten lassen.

Obwohl er noch so klein ist, wird der Johannes von seinen Eltern vor den Mahlzeiten stets höflich gefragt, ob man heut lieber beten oder lieber singen solle? Und der Johannes sagt ausnahmslos jedesmal: „Singen!" Noch kein einziges Mal schien es ihm ein Bedürfnis gewesen, im Gebet in Kontakt zum HERRN zu treten, so daß man bereits erwogen hatte, diese Frage zugunsten einer anderen zu streichen? Es ist immer das selbe Lied, das er singen will, dieweil er sich an dieses Lied bereits gewöhnt hat, und kein anderes mehr braucht: „Alle Gaben die wir haben...". Dazu fasst man sich bei den Händen, der Johannes singt aus voller Brust heraus, und die Erwachsenen eher ein wenig zurückhaltend und verlegen.

Serviert wurden aufgebackene bleiche Brötchen, Regenperlen rannen die Fensterscheiben hinab, und es hieß, dies sei hier in diesem merkwürdigen Landstrich – einer Besenkammer im Großraum Bremen die wetterliche Norm.

„Der Wetterbeauftragte im Himmel scheint von trübem Naturell!" scherzte ich, während ich genussfreudig in ein Brötchen biss. Doch die Familie will ja bald nach Baden-Württemberg ziehen.

Mutti Julia war in ihrer Jugend ein ganzes Jahr lang als Au-pair-Mädchen im Bibelgürtel der USA tätig.

Wieder in Europa angelangt pflegte sie die kostbaren Erinnerungen, und den Kontakt zu ihrer Gastfamilie sehr. Man schickte einander Päckchen und warmherzige Briefe, mit Herzchen und Liebesbekundungen verziert. Und doch riss im vergangenen Jahr, kurz vor Weihnachten der Kontakt von Seiten der USA ganz plötzlich ab. Dies aus einem Grunde, auf den die Julia doch überhaupt keinen Einfluß hat: Weil Kanzler Schröder einfach zu bequem dazu ist, mit Präsident Bush im Duett in den Irak-Krieg zu ziehen! Sich „der Deutsche" für die Amerikaner somit als falscher Freund erwiesen hat.

("In der Not ließ man uns im Stich!")

Dies schmerzt die Julia schrecklich.

Die Gastfamilie würde ihr nur dann die Hand zur Versöhnug reichen wollen, wenn sie sich explizit von Schröders Haltung distanziert, und seine Weigerung in den Krieg zu ziehen öffentlich mit schärfsten Worten verurteilen würde.

Doch die Julia will eigentlich gar nicht, daß der Schröder in den Krieg zieht.

In perlendem Regenwetter fuhr ich nach Scheeßel, parkte in Kirchnähe, und blieb regenbedingt im Auto sitzen, da ich als Fortpflanze Buzens nur selten weiter denke, als meine Nase lang ist, und somit keinen Regenschirm besitze. Regnet es, so kann ich nicht losziehen, um mir einen Schirm zu kaufen, und scheint die Sonne, so komme ich gar nicht erst auf die Idee, loszuziehen, um mir einen Schirm zu kaufen.

Der Regen trommelte immer volltönender auf meinem Autodach herum, und mir blieb nichts anderes übrig, als mein Büchlein von Maupassant zur Hand zu nehmen, und die Geschichte vom Regenschirm zu lesen – eine meiner liebsten Geschichten, weil ich dabei immer so an Herrn Bloser und seinen Regenschirm erinnert werde.

Herr Bloser hatte die Neigung, von allem nur das feinste und edelste zu kaufen. Etwas, was bei einem Schwaben auf den ersten Blick verwunderlich scheint. „Nanu?" denkt da der Schwabenkundler – zumindest jener der nicht weiter denkt als seine Nase lang ist. Doch über´s Jahr kommt einem die Gewohnheit eines Herrn Bloser billiger – denn einen Nobelschirm für 449 € lässt man nicht so leicht stehen, wie einen billigen Plastikschirm, der von der ersten Windböe wüst aus der Verankerung gerupft wird.

In einem parkenden Auto hatte jemand vergessen, das Licht abzuschalten. Ich nahm´s als Lockgeste des Schicksals: Jemand möchte mit mir Freundschaft schließen, und so schellte ich an dem danebenstehenden Haus, um auf diesen Mißstand hinzuweisen, und bettete mir auf Art Rehleins bereits eine Erzählung darüber auf die Zunge, welch eine Kette an unerhörten Ärgerlichkeiten eine erloschene Autobatterie wohl nach sich ziehen könne?

Eine ältere Frau mit einem freundlichen Lächeln, das mich an jenes von der Omi Mobbl erinnerte, freute sich, daß sie offenbar Besuch bekommt. Dann war sie sehr froh und dankbar, daß ich sie auf das beleuchtete Auto aufmerksam machte, und ich hüpfte freudig weiter, weil ich es so bewegend fand, daß mir Mobblns freundliches Lächeln begegnet war. Und außerdem hatte ich das Gefühl, daß bei dieser guten Tat Rehleins Gene in mir zu Wort gekommen waren.

Noch ein weiteres Mal sollte ich mich heute in der Menschlichkeit üben, auch wenn es diesmal eher *Buzens* Gene in mir waren, die Pate bei folgendem Gedanken standen: Das abige Konzert in Scheeßel kostete Eintritt, und ich überlegte, daß die Großmanns, die doch über jeden Gitarrenschüler froh und dankbar sind, ihrem ohnehin welken Börsl 22 € entnehmen müssten, bloß für Geigenklänge, die hernach wieder verklungen sind.

Und für das Baby nimmt man womöglich Plärrpfand?

Ähnelnd einem Gassigänger, der über sein Hündchen sagt: „Der macht nichts!" sagen Eltern vielleicht über ihr kleines Kind: „Es lärmt so gut wie nie!" Für einen Säugling dürfte man eigentlich keinen Eintritt nehmen, da doch der Säugling von Musik praktisch nichts versteht, und so nimmt man eben ein „Plärrpfand", das man im Falle einer Lärmbelästigung einbehalten darf. Schafft man es, den Säugling bis zum Konzertende ruhig zu halten, so bekommt man seine 5 € wieder zurück.

Ich legte mir bereits Worte zurecht, die ich nun am Telefon anbrachte: „Ihr sagt einfach „Großmann", und Sesam öffnet sich ganz von allein!"

Im vornehmen „Scheeßeler Hof" nahm ich ein Mittagsmahl ein. Nur zwei stille Senioren saßen in dem schwer vertäfelten Raum und löffelten stumm vor sich hin. Ein welkendes Ehepaar – in den finalen Kapiteln des Lebens steckend.

Ich ließ mich an einem Tisch nieder, und wurde von einer freundlichen jungen Kellnerin bedient.

Ich nannte sie „Nicole", weil sie mich so an die hübsche Nicole aus Buzens Schülerschar erinnert hat, die vor zehn Jahren in unser Leben trat, und es mit Licht und Sonnenschein füllte.

Die Mahlzeit, die ich mir bestellt hatte war köstlich: Salat und Entenbrust in Orangensoße.

Hernach besuchte ich auch noch das kleine Caféhaus im zweiten Stock, wo es leider nach kaltem Tabak roch, so daß es Rehlein und Opa in mir rücklings wieder hinausgetrieben hätte. Doch Buz in mir blieb sitzen.

Die Kellnerin hier war ebenfalls äußerst freundlich, und erinnerte mich direkt ein wenig an meine alte Freundin Ute M..

Daß man Nicole und Ute M. am 14.3.1993 am selben Tag kennengelernt hat, sei hier der Kuriosität halber kurz vermerkt, aber auch der köstliche Käsekuchen und die labende heiße Citrone sollen nicht unerwähnt bleiben.

Ich rief Herrn Winterbeck, den Schirmherrn des heutigen Konzerts an. Herr Winterbeck saß soeben beim Kaffee, und wollte mir umständlich schildern, wie man wohl zu seiner Wohnung im Fasanenweg gelange.

„Sie fahren Richtung Rotenburg…."

Doch ich mit meiner Richtungslegasthenie hatte bereits vergessen in welcher Richtung Rotenburg liegt, wie ich verschämt berichtete.

„Dann fnden Sie es nie im Leben!" sagte Herr Winterbeck.

Ich lief zirka 17 Minuten lang suchend herum, und durchquerte unbekannte Weggabelungen von Scheeßel-West.

Herr Winterbeck wohnt in einem langgestreckten Vierparteienhaus, und als ich die Schelle betätigte, malte ich mir aus, *wie sich die Türe öffnet, und ich „der Liebe meines Lebens" gegenüberstehe.*

Doch nichts dergleichen geschah:

Herr Winterbeck ist ein sehr leichter, dünner Herr, der ausschaut wie ein Postbote, dem der Wind nicht nur die Briefe hinwegpustet, sondern den fleißigen Boten, der ganz erschüttert die Hände in die Luft wirft, gleich hinterher!

Mir schien, daß Herr Winterbeck froh war, daß er mich nicht zum Kaffee dabehalten mußte, da ich als Frau ihn nur unnötig verlegen stimmen würde.

Er reichte mir zwei Kirchenschlüssel, die abzupfbereit an der Wand hingen, und ich zog wieder ab.

Am Abend fand mein Debut in Scheeßel statt.

Vor dem Konzert lernte ich eine zirka 67-jährige Dame kennen, die einst an der Musikhochschule in Frankfurt gemeinsam mit Buzen den Gehörbildungskurs besucht hat. Ich fühlte ein seelisches Erbeben, jener Art, als seien Jahrzehnte hinweggebröckelt, und legen eine kostbare Erinnerung frei.

Was Buz im Gehörbildungskurs wohl für eine Figur abgegeben hat? – „...rote Ohren und ein unverständliches Gekrächze wenn er aufgerufen wurde und den „Modus Novus" vom Blatt singen sollte?" (Etwas Autobiografisches schwang bei dieser neckischen Frage durchaus mit). Ich lachte zu dieser Vorstellung, und gab mich außerordentlich detailwissensdurstig. Doch die Dame erinnerte sich nicht mehr so recht.

Ich begrüßte die Großmanns, die komplett angereist waren, und gab Vati Achim den Blumenstrauß von gestern, auf daß er ihn mir überreiche. Später begrüßte ich vor dem Portal Rehleins erste

Liebe: Den wettergegerbten Seemannstypus Jochen Z. und sein zierliches kleines Frauchen „Erika".

Schon vor dem Kirchportal geriet man ins Plaudern: Der Jochen erzählte, daß ihm als Kind eingebläut worden war, daß man in der Kirche nicht applaudieren dürfe, und tatsächlich steht dererlei hie und da auf dem Programmzettel. Doch wenn man sich verbeugt und niemand klatscht, so fühlt es sich an, als habe man einen Witz erzählt, und keiner lacht.

Auf dem heutigen Programmzettel stand es jedoch nicht, und so applaudierten mir die zirka 45 Hörfreudigen, gewärmt von den Klängen begeistert zu.

Theoretisch hätte ich bei Herrn Winterbeck nächtigen können, doch Herr Winterbeck ist ein Hagestolz, der sich in der Aura einer vereinzelten Dame unbehaglich zu fühlen pflegt.

Hört man nicht immer wieder von liebeshungrigen älteren Damen, die keine Zeit mehr zu verlieren haben?

Und drum nahm ich das Angebot, bei den Großmanns nächtigen zu dürfen, freudig an, und fuhr hinter der Familie her.

An der Esso-Tankstelle hielt Vati Achim an, weil er uns für den Abend eine schöne Flasche Wein besorgen wollte.

Ich bestand allerdings darauf, daß *ich* sie zahle, da man schon den rosa Stern für die Judith gekauft hat, und das Ehepaar doch sparen muß!

Der Achim bog sich in das üppige Weinflaschensortiment um seinen Blick mit Kennermiene über die

Etiketten schweifen zu lassen, während ich die BILD Überschrift auf mich einwirken ließ: „Unter Tränen bat Olli Kahn seine Frau um Verzeihung".

„Habe ich auch die Handbremse gezogen?" bangte ich in jähem Schrecke, und dann frug ich auch noch: „Sollen wir uns ein Journal kaufen? Falls uns nichts zum Plaudern einfällt? Als Gastgeschenk für Deine Frau?"

Der Joachim lachte belustigt beim Gedanken, daß man seiner Frau das „Journal für die Frau" kauft.

„Ich zumindest habe eine Schwäche für Journale!" verriet ich, „ererbt von meiner Omi Ella!"

Wir verbrachten einen gemütlichen Abend in der Großmannschen Wohnstube. Vati Achim kochte Tortellini mit gebräunter Butter, und die kleine Ludmilla heulte laut, blechern und viel. Über ihre Lärmgewohnheit darf vermerkt werden: Zu oft, zu laut, zu lang.

Wenn man dies vorher gewusst hätte, so hätte man sich den Spaß mit dem zweiten Kind doch wohl etwas besser überlegt?

Heute hatte ich schon gedacht, daß die Ludmilla leider nicht besonders hübsch ist, doch wenn man noch ein wenig zuwartet, so wird sie es vielleicht?

Aber einmal sah sie doch ganz süß aus: Wie meine Großtante Marie, die ich sehr geliebt habe.

Zwischen dem Ehepaar gab es leider große Spannungen, und ich erfuhr, daß sie sich ungefähr ein- bis zweimal am Tag streiten. Das Geschrei von der Ludmilla geht Vati Achim sehr auf die Nerven, und somit nächtigt er neuerdings in Judiths Kinderzimmer, dieweil er seinen Schlaf braucht.

Auch zur kleinen Judith wird er zuweilen streng und ungemütlich. Z.B., wenn sie „vergisst" „Gute Nacht!" zu sagen. Aber die kleine Judith möchte nicht jeden Abend das Gleiche sagen müssen.

„Es neaaavt!" (So sagtse) „Es nervt!" (auf norddeutsch)

Zum Schluß wurde Vati Achim sehr müde und begann zu schlummern.

Montag, 10. März
Fischerhude – Seestermühe

Zunächst ein bißchen diesig.
Zuweilen schaute die Sonne kurz nach dem Rechten,
um sich postwendend wieder zu entfernen

Ich schlief auf dem Sofa und träumte, *daß Herr Heike, ein emeritierter Professor aus unserem Freundeskreis bei uns zu Besuch war. Schon am zweiten Tag begann er sich bei uns zu langweilen, so daß er damit anhub gelangweilt die Schubladen aufzuziehen und wieder zuzuschieben. Einmal entdeckte er in einem Schrank zehn Likörfläschen, die z.T. nur noch halbvoll waren.*

„Bist Du Alkoholikerin?" frug er gelangweilt. Ich tat so, als gäbe es dafür eine ganz harmlose Erklärung, die mir auf die Schnelle jedoch gar nicht einfiel – „laß Dir erklären..." sagte ich, um etwas Zeit zu schinden doch bevor mir noch eine Erklärung eingefallen war, erwachte ich.

Achim und Judith brachten mir auf rührende Weise das Frühstück ans Bett.

Die Judith hätte eigentlich in den Kindergarten gesollt, doch beim Kindergarten ist's ja nicht weiter dramatisch, wenn man sich denn mal verspätet.

„Doch solltest Du eines Tages in die Schule kommen, so könnte dies ungemütlich werden!" sagte ich im Stile von Gretchen Vollbeck aus den Lausbubengeschichten von Ludwig Thoma.

Die kleine Judith erzählte mir amüsiert von Frau zu Frau, wie sie sich einmal sehr verspätete.

„Das war mir direkt ein wenig peinlich!" sagte sie, „aber es geschah gar nichts."

„Keine Orkanwatschen?" erkundigte ich mich einfältig, da ich ja noch vom alten Schlage bin. Die Orkanwatschen ist in den siebziger Jahren abgeschafft worden – obwohl es seither unzählige Situationen gab, wo man sie gut hätte gebrauchen können.

Ich sprach davon, daß es in der Schule später dramatisch werden könnte, wenn man mit der Pünktlichkeit nicht auf vertrautem Fuße stünde.

Dann las ich der Judith Conny-Geschichten vor: „Conny muß ins Krankenhaus":

Eigentlich sollte die Conny nachts schlafen, doch an ihrem Bett war eine Rutschbahn befestigt. Ständig rutschte sie darauf hinab. Um den Kick zu erhöhen, schmierte sie die Rutschbahn mit Wasser und Seife, auf daß es noch schneller ginge. Tatsächlich: Nun rutschte man mit 180 km/h, und in diesem Tempo sauste sie gegen den Schrank und brach sich ein Bein.

Ich ging in meinen Vorstellungen sogar noch weiter, und stellte mir vor, wie die Conny durch einen Narkosefehler nicht mehr aus der Narkose erwacht, und wie man vielleicht ein Pixibuch mit dem Titel „Conny muß auf dem Friedhof" schreiben könnte?

Die Judith sagte so rührend über ihr kleines Schwesterlein: „Ich hatte es sofort lieb!"

Mutti Inga saß im Bademantel am Frühstückstisch und nährte das Baby an ihrem Milchquell, während Vati Achim sich anschickte, die kleine Judith in den Kindergarten zu bringen. Auf dem Wege über den Rasen – wir Damen verfolgten das Geschehen durch's Fenster – begrüßte er den Briefträger.

Das selten gelesene Journal „Gitarre heute" war geliefert worden, und darin befand sich eine mit Spannung erwartete Rezension über Achims letzte CD.

Die bedachtsam formulierte Rezension begann mit langatmigen Überlegungen, was sich der Interpret bei der Auswahl der Stücke wohl gedacht haben mag? Über kleine technische Mängel, die das Argus-ohr des Kritikers aufgeschnappt haben will, stand leicht despektierlich zu lesen:…"Etwas, was sich schon ganz andere Interpreten geleistet haben!"

Das „schon ganz andere" stößt einem sauer auf – will man damit vielleicht andeuten, der Achim sei ein

Niemand, oder gar ein zupfender Erdwurm? Ich riet dem Achim, den Kritiker anzurufen und ihn zur Rede zu stellen.

„Meine Frau hat den ganzen Vormittag geweint!" könne er doch beispielsweise ausrufen.

Seitdem der Achim zwei kleine Kinder hat, ist er mit seinem Übeifer sehr in Verzug geraten.

Gespannt harre ich der Verwandlung der kleinen Ludmilla von einem mickrigen lärmenden Bündel in einen entzückenden Wonneproppen.

Die Ludmilla sieht zuweilen, wenn sie ausnahmsweise mal nicht plärrt, so süß aus.

Nach einer Weile verabschiedete ich mich schweren Herzens von dem liebgewonnenen Ehepaar, und küsste die Ludmilla, als sei´s mein ofenfrisches kleines Schwesterlein, das noch so viel lernen muß! Z.B. froh und dankbar für ihre Jugendfrische zu sein, und die Erwachsenen nicht durch unnötiges Gelärme zu verärgern.

Ich scherte auf die Autobahn Richtung Hamburg ein, um die Zieglers zu besuchen.

Nach einer Weile legte ich eine Rast im Rasthof Oyten ein, und lernte bei dieser Gelegenheit einen chinesischen Koch namens „Hermann" kennen, der zunächst sehr freundlich und warm war. Doch als ich mich als chinesisch Sprechende zu erkennen gab, war er mit einemmale höchst verwirrt und reserviert, und dabei hatte ich doch so nett ausgerufen: „Ur hön gao shing, dschjenn ni!" Zu deutsch: Ich freue mich, Deine Bekanntschaft zu machen.

Um einen Stau zu umfahren fuhr ich durch Hamburg, und da jede Ampel rot, und der Verkehr äußerst zäh war, stellte ich mir vor, daß man sogar mit dem Rollator zügiger durch Hamburg gelangen würde, um endlich wieder auf die Autobahn Richtung Kiel aufzuscheren.

Als ich mich schließlich auf das winzige Dorf Seestermühe zubewegte, stellte ich mir vor, ich wäre das neue Au pair girl aus Amerika, das sich nun anschickt, ein ganzes Jahr zu bleiben, um plattdeutsch zu lernen, und der Familie im Haushalt zur Hand zu gehen.

Tatsächlich sieht es dort aus wie in Dänemark, wo jeden Morgen malerische Milchflaschen wie aus einem Kinderbuch vor den Türen stehen.

Das Ehepaar Ziegler wohnt in einem sehr schönen gepflegten Haus mit großem Wintergarten direkt gegenüber von einem Briefkasten, und dadurch, daß die Straße so schlank ist, erscheinen einem die Häuser auf der gegenüberliegenden Straßenseite auf Kußnähe zusammengerückt. Hausherr Jochen, ein rauher Seemannstypus mit nordischem Einschlag und schwäbischen Wurzeln begrüßte mich so nett, und führte mich gleich durch sein Heim, in welchem die Zimmer - ähnelnd jenen der Vitzthums in Ofenbach - nahtlos ineinanderfließen. Mutti Erika, eine sog. „halbe Portion", Dorfschullehrerin von Beruf, werkelte bereits in der Küche.

Der Jochen hatte sich bereits einen Plan für den Abend ausgedacht: Wir fahren nach Elmshorn in ein Nobellokal, und dort versenken wir uns in Erinnerungen, und reden ohne Ende über die Vergangenheit.

Im Wintergarten wurde das Mittagessen serviert: Rindfleisch mit grüner Soße und Kartoffeln, und ich erfuhr, daß Mutti Erika aus Frankfurt stammt.

Ich berichtete aus meinem so reichhaltigen Leben, und erzählte von meinem Papa, über den es Romane zu erzählen gäbe: Z.B., daß man ihn stets siebenmal bitten muß, wenn man ihn zu einer Tätigkeit bewegen möchte. Sei es das Geschirr zu spülen, oder einen Brief zu schreiben. Beim siebten Mal fängt er dann überraschend an zu arbeiten, hört aber nicht mehr auf. Wie in der Geschichte vom „gekochten Brei" findet er kein Ende mehr.

Hie und da schellte es an der Türe: Kleine Kinder kamen zu Besuch, um sich bei ihrer Lehrerin ihre Mathearbeit abzuholen. Die Kinder langweilen sich in den Ferien und wünschten, die Schule ginge wieder los, auch wenn es vielleicht schön ist, morgens auszuschlafen.

„Ihr dürft gerne im Garten Unkraut zupfen!" regte Mutti Erika an. „Oh ja!" sagten die Kinder, und machten sich augenblicklich an diese ehrenvolle Arbeit.

Nach dem Mittagessen schlug der Jochen einen Spaziergang auf dem Deich vor.

Ich hatte natürlich gehofft, Mutti Erika käme mit, doch nun war ich mit dem Jochen allein. Etwas, das mich in leichte Verlegenheit stürzte.

Der Deich erinnerte mich sehr an Ostfriesland: Es bließ ein scharfer Wind, und unzählige Schafe standen herum und blökten. Der Boden war über und über mit Schafskötteln übersät, und in der Ferne sah man Schiffe lautlos und langsam in die weite Welt hinweg gleiten.

An einer Stelle befand sich eine kleine Kirche. Wir klingelten am Gemeindehaus, und molestierten eine Dame beim Bügeln. Den Schlüssel hat sie uns aber gerne herausgerückt.

In der Kirche mit ihren grünen gemütlichen Sitzbänken war es ganz warm, und Jochen und ich sprachen wieder über jenen denkwürdigen Nachmittag, an dem ich ihn einfach angerufen habe.

Ich hatte elf Herren dieses Namens aus meiner KlickTel-CD herausdestilliert – und gleich der Erste war's!

Dadurch, daß uns der leckere Schoko-Kirsch-Kuchen aus der „Brigitte" so satt gemacht hat, fiel das Abendessen im Nobellokal aus, und keinen hat's weiter geniert.

Abends:

Der Jochen, der sich in einer sehr aufgeräumten Stimmung befand, rief von Übermut und Freude getragen in Berlin an, wo Rehlein und Buz z.Zt. beim Onkel Andi zu Gast sind. Der Jochen war durch meinen Besuch so fröhlich gestimmt, und beplauderte das süße Rehlein am anderen Ende der Leitung. Mit schönsten und wärmsten Worten bedachte er mein Konzert.

Im Wintergarten erlebten wir den Zauber der Dämmerstunde, und wenn man den Kopf sachte anhob, sah man beispielsweise den Halbmond milchig herabschimmern.

Ich erfuhr, daß Jochens 89-jährige Schwiegermutter in Frankfurt noch immer Auto fährt, und zehn Zigaretten am Tag raucht.

Der Jochen erzählte viel von früher: Z.B., wie sein Vater sehr auf die Leibesertüchtigung geachtet hat. Zur Weihe nach Wahlwies mußten die Kinder fünf Kilometer laufen – und fünf Kilometer wieder zurück. Davon bekam man in dem historischen Schuhwerk Blasen an die Füße.

Der Jochen erzählte aus lang vergangenen Zeiten: Wie er seinem kleinen Töchterlein die Gänseblümchen erklärte, und seine Mutter, eine strenge Dame vom alten Schlage meinte, eine so frühe Intellektualisierung tue dem Kind nicht gut.

Dann tauchte er aus der Vergangenheit empor, und erzählte von seinem Sohn Christian, der in Kiel studiere.

Buz in mir räkelte sich. Ich spürte die hessische Hilfswütigkeit in mir aufflammen, und sprach davon, daß er doch wohl zur Tante Irmi ziehen könnte?

Dort ist es besser und billiger, und die arme Irma wäre nicht mehr so einsam.

Vor dem Bettgang mußte ich noch eine halbe Ewigkeit lang ins Tagebuch schreiben, und als ich meinen Kopf endlich auf's Kissen betten durfte, roch selbiges leider leicht nach kaltem Tabak.

Dienstag, 11. März
Seestermühe – Aurich

Regnerisch und trübe.
Doch als ich am Abend den Supermarkt aufsuchte,
gab's am Himmel
ein rosa Wolkengebirge zu bestaunen

In der Nacht wollte ich das Licht im Bad anschalten und drückte dabei aus Versehen auf die Durchlüftung, so daß lang und durchdrönend gelüftet wurde. Am besten - nämlich atemberaubend – schlief ich zu jener Stund', in der man sich so allmählich erheben sollte. Dann hangelte ich mich aber doch aus dem Bettgehäuse wieder in den Alltag hinein, duschte und trat pünktlich um 8:30 wie vereinbart als Gast an Land.

Mutti Erika stak noch in einem braunen Schlafrock, unter dem ihre mageren Beinchen in flauschige Pantoffeln mündeten. Vati Jochen - beflügelt durch den Gast – bereitete das Frühstück zu und pfiff auf Art eines Vogels eine Melodie. Er schien es zu genießen, eine Dame zu Besuch zu haben in deren Aura sogar seine eigene Frau verblasste. Die Ehe der Zieglers ist vielleicht nicht schlechter als andere, aber so besonders dolle ist sie leider auch nicht, da Frau Ziegler ihren Mann oftmals auf eine etwas spröde Art vor dem Gaste dran desavouiert.

„Ich tu schreiben..." an mich gewandt: „so redet man hier in der Gegend!"

„WER redet hier so?? Doch nur du! Nenn mir bitte EINE konkrete Person, die so redet!!!

(Dies nur ein kleines Beispiel)

Zum Frühstück unterhielt ich meine Gasteltern mit jenem Anekdötchen, wie Rehlein ihren Bruder Rainer nach 24 Jahren wiedersah. Spät abends kamen Buz & Rehlein in Ofenbach an, wo sich die Gäste Rainer & Sharyn ← (letztere kannte man bis zu diesem Moment lediglich in Form eines schlichten Namenszuges unter Rainers Postkarten) bereits vor einigen Tagen in Ofenbach installiert hatten. Doch bereits zehn Minuten nach dem Wiedersehen sagte die Sharyn streng zu ihrem Mann: „Rainer, it´s time to go to bed!"

Und der Rainer folgte ihr hündchenhaft in die Schlafkammer.

Nachdem ich diese erheiternde und doch auch ein bißchen traurige Geschichte zuende erzählt hatte, war nun auch meine Zeit als Gast ausgerieselt. Ich umarmte Mutti Erika, aber beim Jochen habe ich mich dies nicht getraut, da die Verabschiedung ja vor den Augen von Mutti Erika stattfand, und es gemeinhin als unschicklich gilt, einen verheirateten Herrn vor den Augen der Gattin zu umarmen, und dies womöglich auch noch eine Spur zu lang?

Rasthof Oyten zur Mittagsstund´:

Ich saß genau gegenüber vom gestrigen Rasthof und studierte die Bild-Zeitung – immer in Erwartung etwas ganz und gar Unglaublichem (Buzens Erbmasse in mir). Doch man erfuhr lediglich, daß der neue Superstar „Alex" mit seiner 17-jährigen Freundin Schluß gemacht habe, um den Kopf für seine Weltkarriere freizubekommen, so daß das plonnerhafte junge Ding nun im Regen steht und ganz traurig ist.

Ich fuhr weiter, und im Radio wurde uns etwas Interessantes erzählt: George Bernard Shaw, der große Dichter und Denker lernte einmal eine Dame kennen, für die Bigamie das verabscheuenswerteste Verbrechen überhaupt war. Doch dieser Meinung war der George nicht ganz. „Bigamie" bedeute doch bloß, daß man *eine* Frau zu viel hat – und dies ist in den meisten monogamen Beziehungen nicht anders, meinte er.

Als ich durch Hesel fuhr, und mich meiner Heimatstadt auf Tuchfühlung näherte, regnete es prasselnd. Ich fuhr meiner nachmittäglichen Karrierestunde um drei Uhr entgegen.

Noch im Flur entschälte ich mich dem Gewande der weitgereisten Konzertdiva, um mich in die lokale Spitzensekretärin zurück zu verwandeln, die ich bin.

Doch die Arbeit verlief unbefriedigend und tröpfelnd. Ein Konzert in Gotha bei Herrn Schnitte am 8. November, das vielleicht ein Minusgeschäft wird sprang dabei heraus, und einmal plauderte ich sehr nett mit Herrn Ewald aus Bad Rodach, der interessante und ungewöhnliche Programme plant.

Abends telefonierte ich mit dem süßesten Ming. Ming kommt nächste Woche nach Aurich, und ich berichtete ihm, daß ich aus Angst, es könne zusammenbrechen leider nie mehr in meinem eigenen Bett geschlafen habe, und ganz in Buzens ebenerdig gelegenes Zimmer gezogen bin.

„Dann ziehen wir zur Julia!" sagte Ming ganz unbekümmert, da Ming derzeit nur im Doppelpack zu existieren scheint, und begonnen hat, in der „Wir-Form" zu sprechen, wie dies bei verliebten Herren usus zu sein scheint?

Mittwoch, 12. März

Grau – doch hie und da wurde der Tag
von mildem Sonnenschein erhellt

Am Morgen wurde ich abscheulich roh vom aufschrillenden Telefon geweckt, und auf den Anrufbeantworter sog sich die kiebig und fordernd klingende Stimmer der Sopranistin Susanne W., die Buz energisch um Rückruf bat. Sie habe es bereits so oft versucht, daß sich eine gewisse Schärfe in ihre Stimme eingeschlichen hat, die sich nur mühsam übertünchen ließ. Der Anruf von der ichbezogenen und karrierewütigen Sängerin stimmte mich mürrisch. Alle wollen immer nur etwas von einem.

Nach dem Frühstück lebte ich nach der Stopuhrmethode, und loste aus: Zuerst kam dran, daß ich der kleinen Familie Waller mit dem gambenspielenden, und einem weichen Bart umrankten Herrn, der freundlichen Frau und dem süßen Söhnchen ein kleines Dankesbrieflein schreibe. „Durch die schöne Rosenbriefmarke wird der Brief jetzt gleich so nett und persönlich", freute ich mich.

Als nächstes galt's, das begonnene Briefabbo an die Simone, das schon seit Wochen herumliegt, weiter zu schreiben.

Damals waren meine philosophischen Ergüsse mitten im „Hoch Helga" stehen geblieben. Heute aber erzählte ich der Simone die Geschichte von Frau Kettlers Bruder Hermann, mit dem Frau Kettler seit vielen Jahrzehnten verfeindet ist. Genaugenommen seit dem Exitus des Vaters in den frühen 80er Jahren, und den sich angeschmiegten Beschuldigungen und Erbschaftsungereimtheiten.

Bruder Hermann hat die Feindschaft auf Erwachsenenart demgemäß gestaltet, daß er seine Schwester einfach für inexistent erklärt hat, und demgemäß wie Luft behandelt.

Doch lächelt ihm das "Hoch Helga" ins Gesicht, dann muß er vielleicht doch an sie denken? Plötzlich wird ihm bewusst, daß das Leben ganz unbarmherzig dahinrinnt, und ihm womöglich nur noch wenig Zeit bleibt, die Angelegenheit wieder in Ordnung zu bringen?

Bevor man in die Gruft steigt, sollte man alles in Ordnung bringen, bewedelte ich die Simone brieflich mit dem Zeigefinger.

Am Nachmittag besuchte ich meine neue Freundin – eine Bäckereimitarbeiterin mit Namen „Frau Fröhlich", (zirka 56 Jahre alt) die mir in ihrer kleinen Wegbäckerei einen Kaffee ausgeben wollte. Nur das Mandelhörnchen finanzierte ich mir selber.

Zu diesem Genusse saß ich auf einem Hochsitz, schaute auf die gemütliche Frau hinter dem Tresen drauf, und versuchte eine verbindende Plauderei in Gang zu setzen. Doch jedesmal wenn der kleine Klönsnack in verbindendes Kielwasser zu geraten schien, tönte das Ladenglöckchen, ein Kunde kehrte ein, und würgte das Gespräch wieder ab.

Das blonde, leicht übergewichtige Lehrmädchen mit seinem wie gewaschen wirkenden Gesicht schien mir leicht zickig – oder gar nach Art einer pubertierenden Tochter leicht zu beleidigen.

„Wieso soll ich jetzt wieder schuld sein?" maulte sie auf´s Ungemütlichste.

Ich rundete meinen Dortsaß noch ein wenig ab, indem ich ein warmes Käsecroissant bestellte und zu diesem Genusse die „Ostfriesischen Nachrichten" entfaltete.

Nachdem ich das Blatt vergebens nach interessanten Neuigkeiten ausgewrungen hatte, schaute es immer noch aus wie neu, und so ließ ich es als Geschenk für einen geheimnisvollen nächsten Kunden liegen. Aber theoretisch hätte Mutti Fröhlich es auch nochmals verkaufen können.

Mittags füllte sich das Haus mit Vorfreudenmolekülen auf meine nette neue Schülerin Maria. Draußen war es warm und sonnig geworden, und als die Maria an der Türe schellte, begrüßte ich sie wie der „Rösner von der Bamberger Rosenheim-Versicherung" in Gerhard Polts „Kehraus": Direkt aus der entriegelten Türe schnellte dem Gast ein grüßender Arm entgegen.

Wie meist lief meine CD mit den Beethoven Trios, und die Maria löste gleich wieder einen Zweige, Äste, Blätter und Früchte bildenden Erzählschwung in mir aus, indem's mir beispielsweise ein Bedürfnis war, ihr zu erzählen, daß diese Musik manchmal sogar läuft, wenn ich nicht da bin. Bloß damit der Raum mit den göttlichen Klängen vollgesogen wird.

Durch das Fenster sah man, wie Herr Meyer sich in unserem Garten krümmte, und nun befiel mich auch noch das Bedürfnis, die Maria davon in Kenntnis zu setzen, daß er und seine Frau wie

Zwillinge ausschauen würden, und zudem auch noch einen völlig identischen Charakter hätten.

Die Maria erzählte, wie sie heute Stress mit ihrer Tochter hatte, die störrisch wie ein Maultier sei, und ständig eine andersfarbige Hose anzuziehen wünscht. Das erinnerte mich an meine zweijährige Kusine Julie im Jahre 1982.

Auch die Julie wollte ständig eine andersfarbige Hose anziehen, doch Rehlein als Tante ließ sich auf Machtspielchen dieser Art gar nicht erst ein, und unter Rehleins erzieherischer Fuchtel wurde die Julie bald schon fromm wie ein Lamm.

Dann berichtete ich noch, wie die Julie mittlerweile ein dummes Ding sei, und erzählte einfach jene frei erfundene Anekdote, wie sie sich von Onkel Döleins finanzieller Unterstützung die Brüste mit Silikon aufpumpen liest. Die Maria mußte darüber so lachen, daß sie die ganze erste Hälfte vom Zelter Konzert gar nicht gescheit spielen konnte, weil sie zu den Klängen immer an das junge Ding denken mußte, daß die väterliche Finanzspritze solcherart veruntreut hat.

Als ihm dies zu Ohren kam tobte Onkel Dölein. Später mußte er allerdings knurrend zugeben, daß es letztendlich doch eine gute Investition war, denn wenn die Julie irgendwo als Kellnerin aushalf, so passierte es nicht selten, daß ihr ein großzügiger Gast 50 Dollar zwischen ihre prallen Brüste stopfte. „Kauf dir was Schönes, Süße!“ (Na, wenn es mal so gewesen wäre!)

Doch dann arbeitete ich detailversessen mit der Maria an diesem weitestgehend unbekannten Bratschenkonzert. Ich hätte es gar zu gern gesehen, wenn Marias Bratschenspiel jetzt bald mal damit anhübe, wie von einer großen Bratscherin zu klingen, nachdem ich diese schöne Hoffnung bei Frau Schinke langsam zu begraben beginne.

Hernach blieb die genuß- und plauderfreudige Maria noch beim Tee sitzen. Ich schenkte ihr zwei edle Tropfen in Nuss, und wir sprachen über die Liebe, indem ich nämlich den fesselnden Film von David Lean erzählte: („Begegnung" 1945) Über jene zirka 45-jährige sehr glücklich verheiratete Frau, die ungeachtet ihres vollkommenen Eheglücks zuhause, plötzlich und unerwartet in einem Eisenbahnabteil vom Virus der Liebe erfasst wurde. Etwas, das der Maria nun auf ihrer Heimfahrt theoretisch auch passieren könnte.

Alles in allem wirkte ich wie eine Frau die unendlich viel Zeit hat.

Im Fitnessklub hörte man im Radio, daß irgendein serbischer Führer ermordet worden ist, und ich hätte es so aufregend und interessant gefunden, wenn es Präsident Bush erwischt hätte, und so malte mir genüsslich eine diesbezügliche Geschichte aus, während ich auf dem Standradl ziellos vor mich hinradelte. Ich stellte mir einen quadratgesichtigen Nachrichtensprecher mit blitzblank geputzten Brillengläsern und einer Hochglanzkrawatte vor, der die Welt auf gewohnt beamtliche Weise über dies

Betrüblikum in Kenntnis setzt: *Der Präsident wurde von jemandem erschossen, von dem man dies eigentlich nicht erwartet hätte: Seiner Ehefrau Laura.*

Abends telefonierte ich mit meinen Lieben in Berlin. Das rührende Anderle hatte alle Schallplatten Buzens auf CD gebrannt, und jetzt ließ er sie alle nacheinander ablaufen.

Dann rief Susanne W. erneut an.

"Ich will beim „Musikalischen Sommer" mitwirken!" sagte sie auch gleich ohne große einleitende Worte, solcherart als habe man ihr eingebläut: „Du mußt denen klar machen, daß du das *willst*!"

Doch bei mir zog diese Nummer nicht.

„Das sollte man schriftlich einreichen!" sagte ich vage – da dies ein jeder will. „95 Anrufe am Tag! Und die meisten sind streng, fordernd und beharrend!" behauptete ich.

Ich dachte an den heiligen Petrus, und wie er an der Himmelspforte zu manch einem Ankömmling zu sagen pflegt: „Nun nennense mir mal einen vernünftigen Grund, warum ich Sie hier hereinlassen sollte!" Und genau diese Worte hätte ich so gerne angebracht, wenn sich nicht meine Höflichkeit dazwischengeschoben hätte.

Das unfreundliche Telefonat verdross mich nachhaltig, weil es so sängerinnenhaft und unpersönlich war, wie in Mings Erzählungen, und man möchte solch kühle und geschäftige Leute nicht um sich haben.

Empörend war auch ein Fall von Richter Guido Neumann: Zwei Arbeitskollegen hatten als Duett an einem Bildungswettbewerb teilgenommen. Der Herr hat alles gewußt, und ohne seine Bildung hätte die dumme Frau doch nie und nimmer gewonnen. Und dann trat sie mit ihrem Freund die gewonnene Australienreise an, und fühlte sich auch noch im Recht!

„Ich könnte ihn ja mal zum Essen einladen!" schlug sie gönnerhaft vor, und dabei war die Reise 4600 € wert. Der über's Ohr balbierte Herr kam ihr sogar entgegen und meinte, mit 2000 € sei er einverstanden.

„So viel zahle ich auf keinen Fall!" sagte die Frau arrogant, und ich freute mich, daß Richter Guido Neumann da gnadenlos war, und sie sogar *2300€* zahlen muß.

Donnerstag, 13. März

Sagenhaft schön

Am Morgen erhob ich mich in einen so wunderschönen Tag hinein, und zwar in jenen, wo meine sturmfreie Zeit enden würde, da Buz und Rehlein beim Onkel Hartmut frühstücken, und hernach heimkehren wollten.

Noch vor sieben Uhr begann ich mit meinen Studien auf der Violine, und übte das Brahms-Konzert höchst seltsam, indem ich nämlich die

Gedanken darauf konditionierte, daß mein Violinspiel morgen um die selbe Zeit bereits in Buzens Ohren hineingespült würde. Statt Aug- und Ohrenmerk auf die Vervollkommnung meines Spiels zu richten, überlegte ich, wie mein Bemühen in Buzens Alabaster- bzw. Argusohr wohl tönen würde?

Das Wetter wurde so sagenhaft schön, daß man getrost, und ohne sich zu weit aus dem Fenster zu lehnen sagen durfte: „Schöner kann es auch im Paradies nicht mehr sein!"

An unserem Flurspiegel klebt z. Zt. die Parte von Franz-Heinrich Himstedt, worauf man lesen kann, daß der alte Herr in seine geistige Heimat zurückgekehrt sei. „Das wäre ich auch gerne mal!" dachte ich wehmütig. „Ab in die geistige Heimat!"

Dies dachte ich, als ich mich zu Schlafnachschwappszwecken in Buzens Bett tunkte.

Das Gefühl, daß die Seele über dem Körper schwebt war von einmaliger Süße und wohliger Schönheit. Gerad inmitten dieses intensiven Sonnenscheins, den man somit durch und durch spüren konnte - ganz einfach, weil man damit verschmolz! Einmal vergaß ich sogar kurz zu atmen, und wachte davon in leisem Schrecken auf.

"Schade!" dachte ich nur.

Kurz nach neun erhob ich mich denn doch, um meine Frühstückspause angemessen zu gestalten.

Das Telefon schrillte auf.

„Schreiner", meldete sich eine mürrische Herrenstimme.

Es handelte sich um jenen Herrn aus Remels, der uns einen Wintergartenentwurf in den Briefkasten geworfen hatte. Nun ruft er aufdringlich, wie Susanne W. ständig an und vermittelt den verständnislos verdrossenen Eindruck, daß er es nicht verstehen könne, warum man sich nicht augenblicklich zurückmeldet, wenn er um Rückruf bittet?

Ein bißchen arbeitete es dahingehend in mir, daß ich die nächste Übschicht zugunsten einer Kocherei für meine Eltern ausfallen lassen sollte?

Beim Blick aus dem Treppenfenster gewahrte ich die alte Frau Priwitz auf dem Balkon, die sich in die Sonne gesetzt hatte. Auf ihrem Gesicht spiegelte sich Freude und Dankbarkeit darüber, daß die Sonne zuweilen auch noch für sie alte Frau scheint.

Für Jemanden der längst auf den Gottesacker gehört.

Und so, wie Anne-Sophie Mutter angeblich mal eine raue Seite an sich entdeckt habe - wie ein zutiefst beeindruckter Kritiker schrieb, - so entdeckte ich heute jene Seite an mir, daß ich sehr gern auf persönlicher Ebene mit den Verkäufern scherze.

Heute beispielsweise besuchte ich erstmals die Käseecke in der Markthalle, wo viele appetitlich angerührte Käsesorten die Vitrine schmückten, und einige gar ausschauten wie ein sahniges Dessert. Ich kaufte dem ernsten Verkäufer allerdings wie alle

Tage bloß ein Leerdammerbrikett ab, und dann sprachen wir noch kurz übers Wetter, indem ich ihn mitfühlend darauf ansprach, daß er in seinem dunklen Eck gar nichts von dem schönen Sonnenschein habe.

Der dicke Verkäufer im Gemüseeck war so entgegenkommend, und schenkte mir einen Stengel Zitronengras, mit dem sich mein Salat verfeinern ließe.

„Sie haben meinen Tag verfeinert!" sagte ich voll Überschwang vor mehreren alten Damen dran.

Draußen in der prallen Sonne stand ich allerdings vor jener Ärgerlichkeit, daß ich vergessen hatte, wo ich mein Rad wohl abgestellt habe? So lief ich zweimal rat- und radlos hin und her, und dann stand es einfach neben dem Bioladen. Richtig, da hatte ich es hingestellt!

Am Fleischstand im Combi plauderte ich mit jener anmutigen, an die Tante Christa erinnernden Verkäuferin.

„Sie sehen genau aus wie eine Tante von mir!" erzählte ich frisch und lachte, „ich muß Obacht geben, Sie nicht aus Versehen zu duzen!"

Zu diesen Worten stellte ich mir die schlichte Wurstverkäuferin in einer prächtigen Richterrobe vor, und die Christa wiederum stellte ich mir zum Gaudium im weißen Kittel einer schlichten Wurstverkäuferin vor. Dann wiederum überlegte ich, wie es wohl sei, wenn Zwillingsschwestern derartig rangauseinanderklaffende Berufe ausüben würden?

Daheim kochte ich das köstliche Gericht Nummero eins aus meinem Wok-Kochbuch. (Ein Reisgericht mit Brokkoli und Hähnchenbrust).

Um Punkt 15 Uhr saß ich wieder auf meinem Po im Büro, und telefonierte – offiziell dienstlich – mit meiner Sekretärin Frau Münch. Doch das Gespräch verweilte nicht sehr lange in dienstlichen Gefilden, und bald schon wurden die Worte auf die leider ranzig gewordene Ehe der Großmanns gelenkt.

Frau Münch nimmt sich dererlei immer sehr zu Herzen, und findet es ganz schlimm, wenn man streitet, und dabei wertvolle Lebenszeit verplempert, da sich die meisten Erwachsenen doch wohl eher den Kopf abhacken ließen, als ihr Unrecht einzugestehen – wie es vom erbosten Gegenüber doch wohl erwartet wird?

Am Nachmittag besuchte ich das Reformhaus, und verstand mich so ausnehmend gut mit dem vollbärtigen und gütig wirkenden Hausherrn Herrn Groter, der mich in höchster Jovialitesse mit dem Allerweltssatz „Auch mal wieder im Lande?" begrüßt hatte. Herr Groter hatte eine riesengroße Schramme auf dem Nasenrücken, und ich platzte beinahe vor Neugier, wo er sich die wohl geholt habe?

„Da hat mir meine Frau eins übergebraten!" scherzte er, und ich erzählte jene Geschichte aus meinem Leben, die allerdings Beine bekommen hat, mit denen sie sich im Laufe der Jahre ein wenig von der Urfassung entfernt hat: Ich hätte mich tief in eine Schublade hinabgekrümmt...(falsch! dachte ich noch währenddessen – war es nicht mein Schmuckkästlein?) um etwas zu suchen, das ich bis heute nicht gefunden habe, begann ich bedeutsam, und die Ohren von Herrn Groter trichterten sich auf eine Weise wie Blüten, die sich der Sonne entgegenrecken. Schließlich hätte ich gedankenversunken den Kopf gehoben, und damit ein an der Wand hängendes Selbstportrait meines Bruders aus seiner Verankerung gelöst – es schnellte in die Luft, schlug einen Puzelbaum und beschrammte beim Hinabdonnern meine Nase.

Ich erzählte Herr Groter auch noch verbindend, daß ich oftmals in der anderen Filiale einkaufen würde, doch da dort seine Frau und seine Tochter als emsige Reformdamen tätig sind, kann man das ja nicht wirklich als fremdgehen bezeichnen?

Nun hatten wir uns angewärmt, und ich reichte ihm zum Abschied gar die Hand.

Daheim begann ich mich zu wundern, wo Rehlein und Buz blieben. Doch die beiden saßen noch in einem Caféhaus, und ich besuchte den Klub, um die Waderln zu stählen.

Endlich, endlich!
Abends kehrten Rehlein und Buz heim, und es fühlte sich an wie früher, wenn sie nach gefühlten Jahren dick beladen mit den schönsten Geschenken von ihren Konzertreisen zurückkehrten, und wir mitten im Jahr Weihnachten feiern durften.

Diesmal wartete allerdings ein Päckchen auf. Von der Gloria!

„Der Papa wird rot! Der Papa wird rot!" rief ich übermütig aus.

„Ein Dankespäckchen für die schönen Dessous, die du ihr geschickt hast?" mutmaßte Rehlein.

Doch es handelte sich nur um eine Demo-CD welche die Gloria für den großen Violin-Concours in Montreal vorbereitet hatte, und als ich wenig später aus dem Duschhäusl trat, hatte Buz sie bereits eingelegt und die Ohren gespitzt.

Zum Abendessen hörten wir uns die Darbietung einer Solo-Sonate von Bach wohlwollend an, und waren uns einig, daß es Radioqualität hätte.

„Kein Wunder bei deinen guten Lehren!" sagte Rehlein mehrdeutig.

Abends erfuhren wir von der Omi das Unfassbare: Der Mann von der Edith ist gestorben.

Freitag, 14. März

Traumhaft schön – allerdings kalt

Aus Rücksicht auf Rehlein nebenan schlief ich ganz lang.

Im Traum *erschien mir die lang verstorbene Klavierlehrerin Frau Tonn, die nackt und unglaublich feist - grad wie von Deix gemalt - auf dem Trottoir vor unserem Hause stand.*

Und ich sprach davon, daß sie doch bereits einen Grabstein auf dem Friedhof habe, den ich sogar kenne! (Händeringend – da es doch einfach nicht sein konnte, daß sie nackt hier herumsteht.)

Beim Frühstück warteten Rehlein und ich fast die ganze Zeit vergebens auf unser Familienoberhaupt, da Buz vom Telefon hinweggesogen war.

Ich empfand die Wellenlänge zu Rehlein als so anregend! Wir sprachen über Susanne W., die Ming als Begleiter wie einen Lakaien behandelt und einfach herumkommandiert hatte, wie es ihr grad passte. Doch offenbar versteht sie sich darauf, Buz um den Finger zu wickeln, so daß er sie immer wieder einlädt.

Dann wiederum sprachen wir darüber, wie Rehlein gedanklich immer an Buzen angekettet ist.

Später stellte sich heraus, daß es tatsächlich die Susanne war, die uns unser Familienoberhaupt so lange rechtswidrig entsogen hatte. Kurze Zeit später kroch bereits ein Fax an Land, auf dem sie in ihrer spröden und nüchternen Art sofort zur Sache kam: „Hallo, hier einige…." Sogar Hugo Wolf möchte sie singen, obwohl ihr dafür doch der menschliche Tiefgang abgeht. („Sie können mir doch nicht meinen menschlichen Tiefgang absprechen!" dachte die aufgebrauste Sängerin in mir.)

Nach dem Frühstück griff Buz unverzüglich nach seiner Violine um loszuüben, und wenn Rehlein und Buz da sind, muß ich mich stets völlig neu programmieren, bzw. versuchen, mich in ein neues Lebenssystem einzupendeln.

Sorgsam probte Buz Mozarts G-Dur Sonate für das Konzert mit der Swetlana vor, und trotz der Schiebetüre, die das Musikzimmer vom Eßzimmer separiert, war ihm das Geschnatter von uns Damen zu laut.

Rehlein dämpfte die Stimme ein wenig, und erzählte mir, wie Buz in Baden bei Wien schon wieder einen Auffahrunfall gebaut hat, weil er beim Einscheren auf die Straße den Rückwärtsgang eingelegt hatte. Der Herr in dem anderen Auto habe Buz einfach geduzt und so wüst beschimpft, bis Rehlein ausrief: „Wenn Sie meinen Mann noch einmal duzen, dann kriegen Sie es mit mir zu tun!"

Von diesen Worten einer aufgebrachten Dame wurde der Herr ganz artig, und später saßen die beiden Herren sogar zusammen an einem Tisch in der Polizeistation und füllten ihre Formulare aus.
Ich sah es plastisch vor mir.
Rehlein sagt oftmals so nett: „Mein Schätzlein!" zu mir.

Nach einer Weile hatte Buz zuende geübt. Er suchte einen Frisiersalon auf, und kehrte Mittags mit einer neuen Frisur nach Hause.

Mit einer viertelstündigen Verfrühung kam Herr Schreiner von der Aachener Bausparkasse. Ich hatte immer gemeint, er käme aus Aachen, doch in Wirklichkeit kommt Herr Schreiner nur aus Remels, einem kleinen Ort in unmittelbarer Nähe, und ist der Nämliche, mit dem ich gestern telefoniert habe.

Ich muß sagen, daß ich am Telefon einen falschen Eindruck von ihm bekommen habe. Ich hatte nämlich gemeint, er sei ein grantiger, schwer zugänglicher und tränenbesäckelter alter Mann vom alten Schlage, der nicht das geringste Verständnis dafür hat, daß man nicht sofort zurückruft, wenn man darum gebeten wird. Doch jetzt hatte Herr Schreiner eine dahingehende Wellenlänge, daß wir lustig und übermütig wurden. Herr Schreiner trug einen picobello anzusehenden dunkelblauen Anzug mit Krawatte, und wenn wir etwas Erheiterndes erzählten, schienen seine Zähne - zu weiß um wahr zu sein - ganz lang zu werden, dieweil er fröhlich gelächelt hat. Rehlein wurde ein bezaubernder süßer Quirl.

Es ging darum, daß wir anbauen wollen, und am Ende sah es so aus, daß wir neun Jahre lang monatlich 812 € entrichten müssen, bloß daß man noch ein Zimmer hat, das gesaugt und geputzt werden will.

Buz gefiel dieser Gedanke nicht, weil er das Geld lieber verjubeln würde, und stellvertretend für Herrn Schreiner mußte ich denken, daß dies doch wohl ein zäher Kunde sei.

Rehlein in ihrem grünen Pulli sah so nett aus. Die Sonne schien, und ab und zu breitete ich einen Vorschlag aus, auch wenn der der Sache nur wenig dienlich war. Z.B., daß Buz sich zum Walzerkönig umschulen lassen solle, und wenn ich in einen Keks biss, so klang´s ganz laut.

Das Wetter war so wunderschön, und so konnte ich Rehlein dazu weichklopfen, mit mir auf den Friedhof zu gehen.

Buz hatte sich den Fuß verknackst und blieb Geige übend daheim.

Wir Damen liefen durch die Glupe, jene stille Straße, in die Rehlein im Jahre 1976 als Untermieterin zu Frau Tosch zog, und ich fand Rehlein und ihre Erzählungen so fesselnd.

Rehlein berichtete vom Besuch in Bad Honnef, und wie es der Tante Lisel eine große Erleichterung war, daß Rehlein ihr ehrenamtlich das ganze erste Stockwerk gestaubsaugt hat.

Im Krankenhaus trug die daumenkranke Lisel dem Onkel Andi auf, eine Entschuldigung zu bestellen, da sie nicht so ganz nett gewesen sei. Doch Rehlein hatte das allergrößte Verständnis dafür, da sie ja selber mal zur Ulrike und ihrer Freundin sehr kurz angebunden war: „Ihr setzt Euch jetzt da rein, sonst drehe ich durch!" ← war Rehlein ein barscher Satz entfahren, den man sich einem Gaste gegenüber eigentlich nicht herausnehmen sollte.

Der Friedhof durch Rehleins Sinne betrachtet kam mir trotz des Sonnenscheins lange nicht so schön vor wie in meiner Erinnerung und Erzählungen. Im Gegenteil: Ich kam mir seltsam vor mit meinem Hobby, und bei fast allen Verstorbenen hatte ich vergessen, wo sie bestattet sind, und dabei war mir doch eine regelrechte Führung vorgeschwebt, die ich Rehlein zu bieten gedachte: „Hier liegt Gustav Mahler begraben!"

Dann fiel mir ein, daß Rehlein immer noch nicht dem Spyros geschrieben hat. Ich sage „Spyros", und dabei hatte den Brief doch dessen brave Ehefrau Chiara geschrieben!

Ich erzählte Rehlein, daß die Chiara, seitdem sie in Rente ist, auf rührende Weise alten Freunden aus der Studienzeit Briefe schickt, und der Spyros vielleicht muffig sagt: „Ach, was schreibst du denn denen allen?" auf griechisch natürlich, und ich machte es Rehlein vor: „…mähnäbteheu!" und das süße Rehlein lachte.

Und doch sagen alle alten Freunde aus der Studienzeit: „Man müsste dem Spyros schreiben und danken!"

Zu später Stund´ rief der süße Ming an.

Ming ist einsam und würde uns gern besuchen kommen. Doch dann trug Ming seine natürlichen Bedenken gegen den Anbau vor, und Rehlein gefielen diese Worte nicht. Durch die Lautstärken-taste klangen Mings Bedenkungen und Wach-rüttelungen ganz laut, und bedröhnten Rehleins sensible Ohren extra.

Samstag, 15. März

Schön

Buz hatte bereits zu üben begonnen, und zunächst freute ich mich, daß Mozarts G-Dur Sonate recht forsch und sogar wohldurchdacht und interpretiert zu mir emportönte, doch bereits nach dem ersten Abschnitt mündete Buzens Üben wieder in Fingeraufklappsübungen hinein.

Beim Frühstück imitierte Buz auf ungehörige Weise mein Schmatzen.

„Hast du mich erschreckt!" rief Rehlein hypersensibilisiert auf, und Buz erschäumte auch kurz, wegen diesem übertriebenen Getue bei jeder Kleinigkeit. Dann wurde es aber rasch netter, weil ich Bedenken verlauten ließ, wie ich später wohl Kirchenkonzerte geben solle, wenn ich in dreißig Jahren einen weißen Pagenkopf und ein schwarzweißes Schnittlauchbärtchen habe, und wie ich dann in meinem Konzertkleid ausschaue wie ein Mann!

Um elf Uhr mußte Buz zur Swetlana nach Holland aufbrechen, und vergaß ganz, sich von mir zu verabschieden, so daß ich eine Weile lang schmollend auf der Treppe saß, und auf einmal so gut nachempfinden konnte, wie Herrn Großmann wohl zumute ist, wenn die kleine Judith „vergisst" ihm eine gute Nacht zu wünschen.

Rehlein fand, daß eine häßliche Frau, die soeben vorbeiradelte ausschauen würde wie ihre Turnlehrerin. „Und DIE sah aus wie Thomas Gotschalk!" sagte ich über eine andere Frau die in ein Auto stieg.

„Das wär's doch!" rief ich begeistert aus, „wir schaffen uns ein neues Hobby an, und schauen, wem die Leute in den vorbeifahrenden Autos wohl ähnlich sehen!"

Da klingelte auch schon wieder das Telefon, und ich freute mich sehr, daß es Veronikas alte Klassenkameradin Ulrike war, mit der wir uns anlässlich einer Übernachtungsgewährung vor einigen Jahren sehr herzlich befreundet haben.

Ich erfuhr, daß ihr Lebensgefährte Alfonse, ein rührender Herr, einer alten Bekannten mit viel Liebe zum Geburtstag geschrieben habe, doch der Brief kam wieder zurück, weil die Adresse falsch war. Und nun habe es die Runde gemacht, daß ich im Besitz einer KlickTel-CD sei, mit der sich alte Bekannte, die unter dem Schutt der Jahre begraben sind, wieder ausbuddeln ließen?

Somit erbarmte ich mich, die neue KlickTel-CD nach einer Frau Gisela Förster zu durchforsten, und fischte 77 Damen dieses Namens aus dem Bevölkerungssumpf hervor.

Eine von ihnen – eine Dame in Weilburg rief ich sogar an. „Sie müssten vor kurzem ihren 67. Geburtstag gefeiert haben!" sagte ich, doch sie war es nicht.

Rehlein und ich liefen in die Stadt und führten das Fahrrad solcherart als sei´s ein Maultier mit uns mit.

Dadurch, daß man fast nur noch Muslime auf der Straße sieht, fühlt man sich so, als befände man sich im Orient.

Ich trug fünf Werbekärtchen für Buzens Konzert mit mir herum, und tatsächlich wurden wir alle los. Sogar Buzens väterlichem Freund, dem greisen Herrn Schüt, legte ich eines in den Briefkasten.

Abends war ich so schrecklich müde. Ich las in einem Buch, doch die Schrift löste sich vom Blatt und schien auf selbigem herumzuschweben, so daß ich mich kurz zu einem Umschlummer auf Buzens Bett legte. Die Süße des Schlummers war ungeheuerlich. Ich fühlte mich wie jemand, der soeben die Himmelspforte direkt ins Paradies durchschritten hat, und konnte die Verstorbenen plötzlich so gut verstehen. Kein Mensch würde jetzt noch umkehren wollen. Ich dachte an Rehleins Kusine Brigitte, die mit zirka 53 Jahren eines Tages tot auf dem Bette lag, in das sie sich zu einem kleinen Nickerchen hineingeschmiegt hatte.

Nach einer Weile erwachte ich dann doch, aber die Müdigkeit hatte mich nicht verlassen.

Dennoch hangelte ich mich aus dem Bett, und rief die frischgebackene Witwe Edith an, mit der ich 35 Minuten lang höchst verbindend über den Verblichenen plauderte.

Die Edith sei nicht sooo traurig, und bloß der Sohn Thomas habe bitterlich geweint. Dann las mir die Edith die Traueranzeige vor, die der Welt Kunde vom Heimgang des armen schwerhörigen Herrn gab. In schlichten Worten wird die Öffentlichkeit vom Unvermeidlichen in Kenntnis gesetzt.

Später mußte ich darüber nachdenken, daß es für den gemütlichen Stammtischbruder Hans unpassend gewesen wäre, wenn man so wie bei Vati Himstedt geschrieben hätte: „…ist in seine geistige Heimat zurückgekehrt".

Nach einer Weile legten wir die vom Onkel Andi gebrannte CD ein, und lauschten Buzens anrührender, jedoch höchst rasant interpretierten Debussy Sonate. Damals schien es dem jungen Buzen so, als sei jeder, der das Werk langsamer interpretiert ein alter Tatterich.

Sonntag, 16. März

Wunderschön

Gestern telefonierten wir noch mit Ming, der heute aus Ofenbach aufbrechen will, um uns zu besuchen. Doch Ming sprach gleich Klartext, da er ja dazu steht:

„Ich muß euch unbedingt mal wiedersehen, aber ich komme in erster Linie wegen einer Herzensangelegenheit!" sagte er, und dahinter verbarg sich die Julia in der Schillerstraße. Eigentlich hätte Ming sich auch an die Uta in Ofenbach ranmachen können, denn die ist noch zwei Jahre jünger als die Julia!

„Aber sie kann nicht Klavier spielen", argumentierte Ming für einen Verliebten seltsam, zumal er es doch selber kann.

An der Julia fasziniert Ming, daß sie so viel macht: Schi laufen, Schach spielen, Inline skaten, und vieles mehr.

Alle anderen Leute, so Ming, hocken immer bloß beim Essen rum. Ob er *uns* damit meinte?

Ming hat in meinem Tagebuch gelesen, und an einer Stelle habe er direkt ein wenig so gedacht wie Renate Gitt über ihren Mann Werner. (Autor eines befremdlichen Buches mit dem Titel „Und die anderen Religionen?") Beim Abtippen, für das ihr im Vorwort gedankt wird, *dachte die Renate: „Ob mein Werner noch ganz richtig tickt?"*

Und dies dachte Ming über mich.

„Ob die Kika noch ganz richtig tickt?"

Ming fände es viel normaler, wenn ich einen Freund hätte, und ein alltägliches Leben, gespickt mit großen und kleinen Ärgerlichkeiten führen würde, statt wie ein Geist das Leben der Nachbarn mitzuleben, und mit fremden Hirnen fremde Gedanken zu bebrüten.

Mittag rief Bernd Kortmann aus Lünne an, und drückte sich bzgl. der Kirchennutzung schwammig aus: „10%, 500 € mindestens!" (Miete) sagte er schwammig, so daß man sich überhaupt nicht auskannte.

Am Nachmittag promenierten Rehlein und ich durch den schönen Sonnenschein zu Frau Saathoff.

Auf diesem Wege erzählte ich Rehlein vom verstorbenen Hans Neubauer, der leider stocktaub gewesen ist. Nur das aufdringliche Schrillen des Telefons schien er noch zu hören. Dann hob er ab, und verstand kein Wort – mehr noch: Die Worte, die man an ihn richtete zerfielen in seiner Ohrmuschel zu Staub. Es war quasi so, als stünde man vor einem Grab und würde leise murmelnd Zwiesprache mit dem Verstorbenen halten.

Er stammte aus Immenhausen, und ist in Grebenstein nie so recht heimisch geworden.

Etwas, was der Pfarrer in Ermangelung erwähnenswerter Großtaten sogar in seine Trauerrede mit hineinfließen ließ.

(Ein Kuriosum, über das geschmunzelt wurde, denn die beiden Ortschaften stehen eben mal vier bis fünf Kilometer auseinander, und lassen sich mit geübtem Blick aus dem Fenster in der Ferne ausmachen.)

Dann erzählte ich Rehlein, daß die Langeweile für Rentnerpaare am Sonntag Nachmittag schier unerträglich sei, und regte an, wen man mal besuchen, könne, um dieses quälende Gefühl ein bißchen zu dämpfen? Das hochbetagte Ehepaar Schumacher beispielsweise?

Jetzt aber freuten wir uns erstmal auf Frau Saathoff, und Frau Saathoff bat uns auch gleich ins Wohnzimmer. Durch die große Glastüre konnte man sehen, daß Frau Saathoff sich ein kleines Gartenpicknick gegönnt hatte: Anmutig angerichtet standen Kaffee und Kuchen bereit, und daneben stand ein sehr gemütlicher Kuschelsessel für einen wohligen Lebensabend.

Sorgen hat Frau Saathoff derzeit leider auch: Ihre Katze kränkelt sehr, und hat sich in der Nacht 25 mal übergeben!

Beim Abschied vergnügte sich Frau Saathoff diebisch, weil ich erzählt hatte, daß zwischen Herrn Otloff und Frau Saathoffs Nachbarin Lotte, einer feenartigen freundlichen Frau, mit der sich der gehörnte Ehemann Otloff liiert hatte, inzwischen Funkstille herrsche.

Der Otloff sei ein grober Klotz, der grußfrei an Frau Saathoff vorbeizulaufen pflegt, da er sie offenbar für eine unbedeutende kleine Tippse im Rentenstand hält? Frau Saathoff zog uns sogar ins Haus zurück, um freudig und verschwörerisch darüber zu kichern.

In glühendem Abendrot liefen Rehlein und ich zur Familie Chrupalla, da Rehlein zu Ohren gestiegen war, daß in der Stadt das weithergereiste Quartetto di Siena eingetroffen sei, und in diesem musikalischen Nest sitzt die Verena aus Aurich - Tochter des Hauses - an der zweiten Violine!

Somit besuchten wir nach gefühlten Jahrzehnten mal wieder die Familie Chrupalla. Beim letzten Besuch vor etwa 25 Jahren waren die Kinder noch klein, und die Eltern standen mitten im Berufsleben. Er, ein Kinderarzt von fahriger Freundlichkeit, unter der man sich menschlich kaum wahrgenommen fühlte, sie eine kleine "Spitzmaus", falls man sich darunter etwas vorstellen kann? Eine Dame mit einem oftmals verklärt, oder auch ein wenig hysterisch wirkenden Lächeln auf den leicht gedörrten Zügen, die gerne im Gewande der Höflichkeit verpackte spitze Bemerkungen abließ. So jedoch nicht verdeckt genug, als daß sie einen nicht peinlich berühren würden.

Ein Vogelhäuschen im Garten schaute aus, als solle man gleich geblitzt werden.

Drei dicke Limousinen parkten vor dem Hause, so daß man es bereits erahnen konnte, daß dort eine Besucherschwemme herrschte.

Ich staunte nicht schlecht, daß die Verena, nach der das Alter bereits in neckischer Form gegrabscht zu haben schien, so exzellent italienisch spricht. Das ganze Quartett war zu Gast, und der Cellist war mir ebenfalls aus Trossingen vertraut. Strahlend trat er mit zum Gruße ausgefahrener Hand aus der Eßnische hervor, und ist seit den gemeinsamen Studienjahren von einem Rosenpopo zu einem schmucken Herrn mit Backenbart herangereift.

Die Verena stellte uns den Primarius des renommierten Streichquartetts vor. Einen Herr, mit dem sie mittlerweile verheiratet ist.

„Mein Göttergatte!" rief sie überschwenglich aus, und warf auf leicht theatralische Art den Arm weit von sich in Richtung des Genannten.

Vor den alten Chupallas selber hatten wir schon eine Scheu verspürt, sie könnten bös mit uns sein, weil sie seit vielen Jahren nie mehr in unsere Konzerte gekommen sind. Doch, wie auch immer, jetzt waren wir uns wieder gut.

Auf dem Heimweg stoppte ich die Zeit ab. Ich wollte sie in einem kleinen Notizbüchlein notieren um zu schauen, ob ich in zwanzig Jahren wohl langsamer geworden bin? Öfters als alle zwanzig Jahre besucht man die Chupallas doch wohl kaum?

Später vergaß ich jedoch, die Stoppuhr wieder abzustellen.

Auf dem Heimweg radelte uns der süße Buz entgegen, der offenbar Zeitlang nach uns bekommen hatte?

Leider schaut´s so aus, als wolle morgen der Irak-Krieg losgehen.

Montag, 17. März

Zunächst weißwölkig, dann wunderbar sonnig.
Atemberaubende rosa Dämmerung wie am Meer

Heute schrillte mich der Wecker erbarmungslos aus einem Traumgebilde, das ich sehr interessant gefunden hatte, und somit gerne weitergeträumt hätte: *Auf den Backsteinplatten des Gehwegs vor dem Hause schrieb ich ein Brieflein für Rehlein. Auf jeden Backstein ein Wort, und im Nu war ich von unzähligen Interessierten umringt, die lesen wollten, was ich da schreibe?*

Doch dies hatte ich vergessen.

Dann erhob ich mich, und hielt ein Teepicknick im Schaukelstuhl ab.

Mein chinesischer Roman „Fallende Blätter" bekam eine packende, wenn auch tragische Wendung: Am 30. November 1937 war die Autorin auf die Welt gekommen. Wenige Tage später starb ihre Mutti am Kindbettfieber, und die Autorin sah niemals auch nur ein Foto von ihr.

Nach einer Weile begann ich mein Tagewerk auf der Violine.

Rehlein war heute ganz bezaubernd gestimmt. Die Eheleute waren sich heut gut, da Buz überraschenderweise so klug und reif geredet habe, wie Rehlein ihn noch überhaupt nicht gekannt hatte. Dies gefiel Rehlein. Es ging um die Finanzierung des Anbaus, von dem es heißt, daß wir neun Jahre lang monatlich 812 € entrichten müssen. Buz sprach davon, daß man es lieber auf einmal zahlen solle, doch dies wiederum würde Herrn Schreiner von der Aachener Bausparkasse wohl kaum sonderlich munden?

Mittags fuhr Ming in Opas blunzefarbenem Auto vor. Freudig eilte ich ihm entgegen, doch trotz herzlicher Begrüßung hat sich durch die neue Liebe an seiner Seite eine gewisse Fremdheit zwischen uns

Geschwister gestohlen. Sie schlug sich darin nieder, daß ich Ming plötzlich gar nicht mehr so unbefangen beplabbern konnte wie sonst.

Rehlein hatte wie alle Tage köstlich gekocht. Es gab warmes Sauerkraut mit zierenden und zierlichen Biowürsterln.

Zum Mittagsmahl erzählte Ming aus Ofenbach. Zum Beispiel daß die Gerswind damit angehoben habe, sich die Haare zu blondieren. Ein teurer Spaß, der 85 €uro pro Sitzung verschlingt. Doch der Fritzi käme nun ins Fremdgangsalter, und da könne man als reifende Frau nicht vorsichtig genug sein.

Außerdem hatte Ming ein Konzert mit Patrizia Kopachinskaja in Wien besucht. Ming fand sie nur zur Hälfte gut. Buz frug: „Wer spielt besser? Sie oder unser Kikalein?" und Ming meinte im Grunde leicht despektierlich: „Wenn man die beiden verquirlen würde, so würde es gut!" Denn die Patrizia habe vielleicht keinen so magischen Klang, aber ihre Überzeugungskraft wäre grandios. Man könne sie vor ein 120 köpfiges Orchester stellen, und alle würden spuren, und so spielen, wie *sie* das will.

Wir wurden lustig und vergnügt. Hie und da fiel mir etwas ein, das ich unbedingt noch in das ohnehin bereits so dicht gewobene Gespräch hineinquetschen mußte: z.B. wie es neulich beim Richter Guido Neumann hieß: „Haben Sie noch eine Frage an die Zeugin?" „Ne. Höchstens, was sie heute Abend noch vor hat!"

Ich melde mich immer so freudig und eifrig wie einst in der Schule, mit einem in die Höhe gereckten

Arm und schnalzenden Fingern, um meinen Scherz in den Konversationsring zu werfen, und drauf zu hoffen, daß er zünden möge.

Wie bei einer Teenieliebe verschwanden Ming und Julia in Mings Zimmer, so daß wir Erwachsenen keine Ahnung hatten, was die dort wohl so machen?

Natürlich könnte man ständig an die Türe pochen um zu fragen, ob eventuell ein Kakao gewünscht wird? So, wie es die Omi Mobbl einst mit Buz & Rehlein in den Anfängen ihrer Liebe betrieben hat.

Heute fiel mir Julias Neigung auf, mit ihrer beringten Hand – aussehend wie bei einer „Bravo-Leserin" – eine Hand lose auf Mings Gesäßtasche zu legen, um auf sanft-laszive Weise zu demonstrieren, daß man nun zusammengehöre.

Ich rief Herrn Heerenberg aus Schapen an.

Herr Heerenberg, Pastor und Familienvater, war so nett, fand ich. Engagiert plauderte ich eine Weile lang mit ihm über ein anvisiertes Konzert am 16.5. in Schapen.

Abends schauten wir kurz in ein Ehedrama mit Maria Furtwängler hinein, weil es geheißen hat, es ginge um eine Frau, die fremd geht. Wir schalteten eine Spur zu spät ein, und lernten den gehörnten Ehemann kennen, dessen Dialogführung direkt ein wenig an einen Groschenroman erinnerte:

„Laß dir den frischen Wind um die Nase wehen!" riet er.

Seine Frau wollte auf die Insel Amrum reisen – so jedoch weniger um sich den frischen Wind um die Nase wehen zu lassen.

„Ich bin ja ein Heini!" rief Ming mal selbstzerknirscht über eine Banalität.

„Ich mag Heinis!" sagte die Julia.

Am Abend spielten Buz und Ming uns die Franck Sonate vor, und ich fand die Aufführung so fesselnd und ergreifend.

Rehlein schob zu den göttlichen Klängen leise die Schiebetüre auf.

„Der Wolf spielt schön!" flüsterte sie bewegt mit Kennermiene, und als dem Papa mal was daneben ging, fügte sie hinzu: „Ich sage ja nicht „gut", sondern „schön"!"

Wie in einem Konzertsaal setzten wir uns auf Stühle vor der Schiebetüre, und Buz lachte.

„Ihr seht aus wie in der Häschenschule!" sagte er.

Dienstag, 18. März

Sagenhaft schön sonnig

Beim Frühstück erzählte Rehlein, daß sie dem Julchen geraten habe, Ming einen Heiratsantrag zu machen, denn die Zeiten haben sich geändert, und mittlerweile dürfen das auch die Frauen. Es fühle sich - so habe Rehlein den guten Ratschlag auch noch etwas weiter ausgeführt - völlig anders an,

Ehefrau zu sein, als ein, in den Augen böser Frauen, zierendes Hascherl, mit dem sich ein reifer Herr gern schmückt.

„Irgendwie habe ich den Nagel auf den Kopf getroffen!" psychologisierte das süßeste Rehlein lachend. Vielleicht, weil sich die Julia in Leipzig ohne Ming nur noch als ratlose Hälfte fühlt, und wie alle verliebten Frauen Klarheit wünscht, wie es denn nun weitergehen solle?

Buz war so entzückt von dem Buch von Vladimir Nabokov, das ich ihm geschenkt habe: „Die Kunst des Lesens", und las Rehlein und mir begeistert daraus vor.

Rehlein blühte heut auf der absoluten A-Seite, und doch bemäkelte sie nach einer Weile den hohen Verschmutzungspegel in der Küche. Rehlein hatte mich und Frau Meyer im Verdacht, nur dazusitzen und Tee zu trinken. Doch dies sagte sie A-Seiten bedingt mit einem Augenzwinkern.

Rehlein hatte mich mit ihrem bezaubernden Frohsinn angesteckt, und ich gewann allem nur das Beste ab und war froh, da zu sein, wo ich bin – nämlich in Rehleins bergendem Aurenrund.

Ich begann einen Brief an meine Freundin Margarethe zu verfassen, und erzählte ihr, daß ich all jene Freunde mit Kindern aus meinem Freundeskreis erst dann wieder besuchen will, wenn die Kinder aus dem Hause sind, da ich immer mit zusammenzucke, wenn die Kinder gemaßregelt werden.

So manch einmal habe ich bereits denken müssen, daß ich meine Lebensplanung neu überdenken sollte: Ab 18 Uhr heißt's nämlich bei mir: Fitnessklub und hernach Tagebuch schreiben. Beides macht mir keinen Spaß, und beides könnte ich theoretisch auch streichen, und dann hätte ich ganz viel Freizeit und Spaß. Ich könnte Freunde treffen, und Bücher lesen oder gar verschlingen, den Friedhof besuchen und mich ins Gras legen, um mich in die göttliche Wetterlage hineinzuschmiegen.

Ich hab mir schon so oft vorgenommen, eine Diät zu machen und auch so lange durchzuhalten, bis ich endlich meine Traumfigur habe. Und heute machte ich in jenem Sinne ernst, daß ich diesen schönen Vorsatz in mein Elektro-Notizbuch einspeiste: „Diätbeginn um 19 Uhr", steht dort nun zu lesen.

Mittwoch, 19. März

Grau-braun bewölkt. Waschküchenhaft behaucht

Ich schlief sehr tief, und träumte intensiv: *Daß ich mit Frau Möller auf der Gassigangspromenade in Aurich dahinlief. Doch die beliebte und schlanke, sich kilometerlang hinstreckende Promenade - ein Ort der Begegnung - mündete nicht -* wie im wahren Leben *- ins Altersheim Popens, sondern in einen tiefen Urwald mit grün-modrigen Baumstämmen, in welchem unglaublich aussehende Vögel beheimatet waren: Gefiderte Persönlichkeiten, in deren Gesicht* man beim näheren Hinsehen die Züge bedeutender Staatsmänner, Dichter, Denker und Komponisten zu erkennen glaubte, in prächtigen Federkleidern, die in Farben gehalten waren, von denen man bis dato nichts geahnt hatte.

Jetzt war es zirka 18:10, und Frau Möller verabschiedete sich, um nach Hause zu ihrem Jürgen zu gehen. Sie umarmte mich und sagte liebe Worte, und doch war ich mir innerlich nicht ganz klar darüber, ob wir nun gute Freunde sind, oder nur flüchtige Bekannte. „Haben Sie zufälligerweise etwas mit Herrn Neuse zu tun, - dem Lehrer am Gymnasium?" frug ich betont beiläufig, obwohl ich doch vor geraumer Zeit von der flinken Zunge einer Frau Rautenberg erfahren hatte, daß die beiden einst in wilder Ehe zusammengelebt hatten. „Ein Verwandter?" gab ich mich nichtsahnend.

Frau Möller nickte nur, und doch bildete ich mir ein, daß das Nicken den Keim dessen barg, daß sie mir bei Gelegenheit die ganze bittere Geschichte erzählen wolle. Und diese Geschichte spielte sich nun einfach wie ein Filmchen aus der Sicht von Frau Möller vor meinem geistigen Auge ab:

Mit ihrem einzigen Sohn Hilko, der vor kurzem 19 Jahre alt geworden ist, hat sie seit Jahren keinen Kontakt mehr.

All ihre Briefe kommen ungeöffnet zurück, und jetzt schickt Frau Möller die Briefe an den Herrn Sohn gar nicht mehr ab, sondern sammelt sie, um sie ihm bei späterer Gelegenheit zu überreichen, und um Verständnis zu werben. In einer abschließbaren Schublade summieren sich die Kuverte.

„Die Gefühle zwischen Jürgen und mir waren einfach zu stark!" schrieb sie beispielsweise barmend in einem hilflosen Erklärungsversuch, warum sie damals vor neun Jahren das Haus verließ und nie wiederkehrte.

Doch sollte der Hilko diese Zeilen eines Tages wirklich lesen, so würde er davon doch wahrscheinlich noch ärgerlicher? Die Zeit im Traume rann.

Ich freute mich auf meine beiden Freundinnen Thekla und Monika, die gelobt hatten zum Frühstück zu kommen. Aber auf das Frühstück selber durfte ich mich nicht freuen, da ich doch seit gestern um 19 Uhr eine Diät halte.

Schon bald klingelte es an der Türe: Die Thekla auf ihre aufmerksame, liebevolle Art trug einen riesigen Blumenstrauß vor sich her, und außerdem hatten die Damen drei Tüten mit frischen Brötchen dabei.

Am Anfang empfand ich Buz als einzigen Herrn in der Runde, wenn zwar nicht unnett, so doch als leicht verlegenheitstreibend. D.h. das Gegacker und Geschnatter der Damen war mir vor Buzen dran leicht peinlich.

Aber am schlimmsten war's mit mir selber, da ich mich innerlich ganz stimmungsfrei anfühlte, und sogar Probleme hatte, mir auszudenken, was ich wohl sagen solle?

Die anmutige Thekla, sanft im Wesen, wirkte etwas schüchtern und nachdenklich, während ihre große Schwester Monika sich von einer flippigen und jugendlichen Seite präsentierte. Die Damen zeigten eine Neigung, in albernen bis witzigen Klischées zu reden.

Die Thekla erzählte etwas, wie sie hoffte, E-Musiker-Taugliches aus ihrem Leben. Wie man nämlich einmal einen Cellisten des sagenumwobenen Heidelberger Kammerorchesters beherbergt hatte.

Er kam aus Australien, und trank gerne guten Rotwein.

Das Heidelberger Kammerorchester setzt sich aus lauter unbekümmerten Musikanten zusammen, die in einem Bus herumreisen, und in jeder Stadt absteigen, um die vier Jahreszeiten von Vivaldi zu spielen.

Nach dem Konzert wird das Publikum gefragt, ob wohl jemand den ein oder anderen Musikanten beherbergen würde? Die von der Musik berauschten Zuhörer reißen sich um einen weltgewandten E-Musiker, und so findet sich für fast jeden Musikanten eine mütterliche Schirmherrin – und sollte der ein- oder andere Musikant übrig bleiben, so könne man immer noch im Bus nächtigen.

Eine Riesenidee!

Proben muß man nicht mehr, da die Musiker die vier Jahreszeiten mittlerweile im Schlaf beherrschen, und wie Vögel von den Dächern pfeifen könnten.

Buz und Rehlein mußten auf die Bank, obwohl sie um so vieles lieber an der Frühstückstafel geblieben wären. Als die Eheleute schweren Herzens aufbrachen, fiel mir wie aus dem Nichts heraus ein Schüttelreim ein:

Für einen Kredit wären wir dankbar,
legte mein Mann der Bank dar.

Als die Damen sich nach einer Weile empfohlen hatten, bewehte mich beim Abtragen der Genüsse das bedrückende Gefühl, daß es gar nichts mehr gibt, aus dem sich Energie für die Tagesfortsatzgestaltung ziehen ließe. Die aufgebrauchte Lebensfreude zog eine unbezwingbare Lahmheit nach sich, und verzweifelt ruderte ich nach einem undefinierbaren „Etwas", aus dem sich etwas Lebensfreude herauswringen ließe.

Ming und Julchen haben sich gestern ein Spielzeugschiff gekauft, das man nach Anleitung zusammenbauen muß, und der stolze Ming erzählte mir, daß sie neulich ein großes Puzzel auf dem ein wunderschönes Bild von Rio de Janeiro zu sehen war, zusammengesetzt hätten.

Schon als Bub träumte Ming davon, mal etwas zusammenzusetzen, doch es handelte sich dabei um einen Panzer, und da war Rehlein strikt dagegen.

Buz freute sich sehr über den schmackhaften Pudding, der nach dem Mittagessen serviert wurde, und schlug so nett vor, daß Rehlein doch viel öfters mal einen Pudding zubereiten könne, weil Pudding doch so lecker sei!

Und zu diesen Worten sah der süße Buz so fröhlich aus.

Am Nachmittag kam die Maria in die Bratschenstunde.

Mir tat's gleich leid, daß meine so sympathische Bratschenschülerin keine Schuhe an den Füßen trug, und so schleppte ich immerhin das Eisbärenfell herbei, um sie darauf aufzustellen.

Auch zum süßesten Ming hat die Maria einen wunderbaren Draht.

Ming freut sich immer, wenn Frauen jugendlich geblieben, und leicht zu erheitern sind.

Ich erfuhr, daß die Maria mit ihren beiden Kindern beim Kinderarzt war, wo zur Sprache kam, daß das kleine Töchterlein mit fünf Jahren noch immer in die Hosen pinkelt. Mehr noch: Nachts um drei pinkelte es auch noch ins Bett!

Der Kinderarzt teilte die Ansicht von der Maria, die kleine Miriam täte dies, um ihre Mutti zu ärgern. Offenbar leidet sie schrecklich unter ihrem kleinen Bruder, der einfach jünger und süßer ist. Statt sich darüber zu freuen, daß *sie* das ofenfrische Brüderlein doch anschauen und genießen darf, während sie sich selber zeitlebens nur seitenverkehrt im Spiegel, oder auf wenig geglückten Fotografien kennenlernen wird, härmt und grämt sie sich über das süße kleine Kind, und hat somit jetzt schon Probleme damit, „gut" zu sein.

Gedanken an das böse Uschilein drängten sich auf.

„Hallo Deutschland":

Man lernte einen frommen, jungen Amerikaner mit Kinnbärtchen kennen, der in den Irak reiste, um den Irakern beizustehen, und der Welt zu demonstrieren, daß nicht alle Amerikaner für den Krieg seien. Sogar seine Bibel packte er ein.

Uns imponierte, daß er nicht nur ein Mann des Wortes, sondern auch ein Mann der Tat ist, denn direkt nach diesen Worten reiste er ab, und ist zur Stund schon da, obwohl ein Bombenhagel zu erwarten ist.

Ferner wurde die Rede auf einen Österreicher gelenkt, der mit unzähligen Buntstiften nach Bagdad gereist ist, um dort für den Frieden zu malen. Mir gefiel der Gedanke, daß man offenbar ganz leicht in den Irak einreisen kann, wenn einem danach zumute ist?

Buz war am Abend sehr gut gestimmt, da er so schön mit Ming musiziert, und das Zusammenspiel so viel Freude bereitet habe. Mit anderen Worten — eine Weile lang schien er ganz in das Leben mit seinen bereitgestellten so üppigen Früchten des Genuss´ hineingeschmiegt.

Buz freut sich so auf China, und darauf, den Chinesen seinen Sohn präsentieren zu können.

Donnerstag, 20. März

Kühl und hellgrau bewölkt

Das süße Rehlein hört z.Zt. mit so viel Begeisterung einen Roman von Stendahl, der im NDR am Morgen vorgelesen wird.

Zum Frühstück hatte sich unser Freund Hans-Jürgen als Gast angekündigt, doch er verspätete sich um eine halbe Stunde, und ich erzählte Rehlein verbindend, daß ich nicht in der Lage wäre, sinnvoll tätig zu sein, wenn der Anmarsch eines Gastes in den Lüften liegt.

Die Luft um mich herum scheint vollgesogen mit Vorfreude, aber natürlich auch einer gewissen Bänge („werde ich dem hohen Anspruch an eine Gastgeberstochter gerecht?"), so daß es mir verunmöglicht wird, an etwas anderes als jene Bedenkungen und Bedenkungsbedenkungen zu denken, die einen Gast umranken.

Dies alles erzählte ich Rehlein plastisch, und dann lief ich hinauf, um oben am Fenster zu stehen und auf die Straße zu blicken. Ich stand da und wunderte mich, wieviel man sieht, wenn man einfach so aus dem Fenster schaut: Z.B. einen großen schwarzen Vogel, der durch den Schornstein der Bildschirmschoner schaute, und wirkte, als sei er „der Tod".

Bald darauf erschien unser Gast Hans-Jürgen. Gewillt seine Sorgen vor dem Hause abzustellen, und ins Behagen einzutauchen, setzte man sich zu einer genußvollen Mahlzeit zusammen.

Ming lenkte die Rede auf die Ruth, und wir erfuhren, daß die Ehemisere, wenn überhaupt möglich, leider noch schlimmer geworden sei. Sogar beim Mediator sei man gewesen – vergebens!

Die Ruth quält den Hans-Jürgen indem sie ihm pausenlos böse, oder einfach nur läppische SMSs schickt: „Mein Anwalt fährt Porsche!" (z.B.), oder: „Du sollst bluten!" (so schreibtse bös)

Manchmal kommt sie in Hans-Jürgens Büro und sagt: „Ich will Benzingeld!"

„Du hast doch schon Benzingeld!"

„Ich will trotzdem Benzingeld!"

Gestern hat die Ruth so abscheulich und ungenießbar gekocht, daß der Hans-Jürgen mit den Kindern auswärts essen gehen mußte.

„Und was ist mit mir?" frug die Ruth finster vom Treppenhaus herab.

„Du bleibst hier. Du hast mich heut schon genug mit deinen beknackten SMSs genervt!" beknurrte der Hans-Jürgen seine eigene Frau bös.

„Was sagt *ihr* denn dazu? Macht doch auch mal den Mund auf!" wandte sich die Ruth bitter an die schreckerstarrten Kinder, und verließ sodann ohne ein weiteres Wort das Haus.

Getragen von Mings so wohltuendem Mitgefühl sagte der Hans-Jürgen in jäh aufwallender Freude: „Freunde wie euch braucht man! Freunde, mit denen man reden kann!" Und zu diesen Worten erhellte ein warmer Sonnenstrahl das Gesicht des Lebensgebeutelten.

Ich rief Herrn Großmann an, um ihm das Konzert in Bad Vilbel zu offerieren, als sei's ein feines Pralinée, wenn auch ein innen hohles, da für den braven Spielmann bloß 200 € herausspringen.

Herr Großmann erzählte, daß er ein Konzert in Berlin gespielt habe, doch dort war es ein bißchen traurig für ihn. Der Familienstress war nicht so schön, so daß er am Abend im Konzert nicht in der Lage war, sein ganzes Können zu entfalten.

Später mußte ich noch oft darüber nachsinnen, daß Herr Großmann jetzt so eingezwickt ist. Wenn er auf Reisen geht, so will die ganze Familie mitkommen, und langsam wird´s ihm nun doch ein bißchen viel.

Über die Mittagsstunden hieß es im Televisor die ganze Zeit „Irak, Iraak, Iraaak", denn seit heute tobt der Irak-Krieg, und viele - so auch wir - fühlen bereits nach nur einem Tag einen Überdruß, immer nur Irak-Geschichten zu hören. Nichtsdestotrotz mag man aber auch nicht abschalten, und unter dem Bild läuft meist ein blaues Band mit, wo man im Telegrammstil nochmals alles extra lesen kann. Beispielsweise las man: „Ein Zivilist getötet!" und als ein quadratgesichtiger, beglatzter Herr sprach, sagte ich einfältig wie ein altes Mütterlein: „Ach, das ist der Zivilist, der getötet wurde?"

Freitag, 21. März

Wunderschön

Buz war heut an seinem Konzerttag sehr gut drauf, und ich stellte mir vor, wie er vielleicht *stehende Ovationen bekommt, wenn er das zündende Werk von Skalkottas als Zugabe gibt, weil die Leute es wahrscheinlich*

unglaublich finden, daß ein beinahe 65-jähriger, direkt als
„historisch" zu bezeichnender Geiger, ein Star von gestern,
noch so einen Mut und so viel zündendes Temperament hat.

Um zehn Uhr begann ich mit meiner Bürotätigkeit und sagte einfach zu Rehlein: „Mein Chef kann sehr ungemütlich werden!"

Um elf Uhr kam Frau Münch, um mir die neuesten Finessen auf dem Computer beizubringen. Sie hatte eine Diskette mitgebracht, auf der sich all jene schöne Unterlagen – ein ansprechendes Anschreiben, Fotos, Lebenslauf und Kritiken - befanden, mit denen man die Pfarrämter zwangsbeglücken könnte. Diese Diskette habe ihr der Heiko mitgegeben, und unglaublich wäre es natürlich, wenn sich darauf auch noch Fotos vom FKK-Urlaub befänden, die man den Pfarrämtern auch noch übermitteln könne?

Durchs Fenster konnte man sehen, wie sich der Lappohrhund von Frau Münch im Auto einfach hinter´s Steuer gesetzt hat, und ein wenig dumpf geradeaus schaute. Die Lappenohren erinnerten an die Frisur einer Dame.
Nach dem Mittagessen übte ich ein wenig auf meiner Violine.
„Ich höre sofort auf, wenn Du schlafen willst!" gab ich mich Buzen gegenüber äußerst rücksichtsvoll und aufmerksam, da es mir ein echtes Herzensanliegen war, daß Buz heute abend brilliert, und der

Welt beweist, daß man mit fast 65 Jahren noch keinesfalls zum alten Eisen zu zählen ist.

Abends fand das Konzert von Buz und Swetlana in einem ostfriesischen Gulfhof statt. Der Hausherr Knut begrüßte das Publikum auf eine leicht hampelig wirkende Art und verkündete, daß Herr König gleich etwas zu den Werken sagen würde, und tatsächlich sagte Buz die Mozart-Sonate todesmutig und hinzu auf neckisch-lockere Art an. Die Köchelverzeichnisnummer saß ihm jedoch derart lose im Kopf, daß er sie erst herbeiblättern mußte, so daß alle lachten.

Leider geriet die Mozart-Sonate etwas steif, und ich fand, daß die Swetlana grob und unpassend spielte. Die sich anschmiegende Milhaud-Sonate war dann ganz schön, doch ich hatte Angst, daß es Rehlein vielleicht nicht sooo gefällt, zumal Rehlein schon das ganze Leben vom Gefühl begleitet wird, daß Buz zuviel schwätzt, und zu wenig übt?

Rehlein richtete die Ohren kritisch auf das Spiel des Herrn Gemahl und dachte Dinge wie beispielsweise: „Wenn der in *der* Zeit wo er mit seinen Spezerln versumpft ist mal lieber gescheit geübt hätte!"

In der Pause suchte der einsame Witwer, Herr Romaneeßen, den Dialog mit mir. Doch leider erwies sich Herr Romaneeßen als anstrengender und zäher Plauderpartner, der sich nicht darauf versteht, Plauderschwung in einer Dame auszulösen. Er stellte anstrengende Fragen wie beispielsweise: „Bevorzugen Sie die reine oder die temperierte Stimmung?" und: „Das zweite Stück schien mir als Laien ein wenig unkonventionell, aber da haben Sie sicherlich ein ganz anderes Ohr für?"

Man darf jedoch einen einsamen alten Herrn nicht einfach so stehen lassen, und so ließ ich den zwickenden Fragenhagel gottergeben über mich ergehen, und schaute sehnsuchtsvoll zu den anderen Plaudergrüppchen hin, von denen so viel verbindender Frohsinn ausging, und wo so viel gelacht wurde.

Nach einer Weile plauderte ich mit der Thekla und ihrer bereits etwas eingeschnurrten 40-jährigen Freundin Ellen. Wir sprachen über Persönliches, wie beispielsweise Ehekrisen, und das starke Übergewicht von Theklas Neffen Mats. Der Mats ist erst zehn Jahre alt, und wiegt bereits 62 Kilo, und der zwölfjährige Sohn von der Ellen wiegt ebenmal 32!

Dann ging´s weiter.

Ich in meinem Rote-Beete-farbenem Kleid war schick zurechtgemacht, doch ich fror.

Die Franck-Sonate spielte Buz derart anrührend und ergreifend, wie es weltweit nur *einer* kann: Buz selber. Doch mich störte Swetlanas mittelmäßges Klavierspiel, das dem kundigen Ohre zu sehr zwischen Windeln und Kochtopf gereift schien.

Buz und Swetlana gaben noch eine Zugabe von Skalkottas, doch diesmal kam´s mir nicht zündend genug vor. Wenn Buz es daheim enthemmt und alleine spielte, konnte man kaum ruhig sitzen bleiben, so begeisternd war´s. Doch durch das hausbackene Klavierspiel mußte Buz einen Gang zurückschalten, damit er nicht als Erster fertig würde, während die Swetlana noch im Sechzehntelgestrüpp herumhing.

Der Applaus klang nach prasselndem Regen.

Vor der zweiten Zugabe frug Rehlein mutig und nett: „Was spielt ihr nuuun Schönes?" und Buz sagte so bezaubernd: „Den zweiten Satz aus der d-moll Sonate von Johannes Brahms!" und spielte ganz zauberisch.

Dann war´s vorbei.

Hernach gab es ein Suppenessen im geselligen Kreise. Hausherr Knut mit seinem altmodischen Backenbart wirkte wie eine historische Persönlichkeit die aus einem Bilderrahmen entstiegen dem geselligen Beieinandersitzen beiwohnte.

Einmal ärgerte er sich kurz auf, weil er Sekt getrunken, und sich für die Fastenzeit doch vorgenommen hatte, auf Alkohol zu verzichten. Doch nun war´s zu spät. Die Dämme waren gebrochen, hatten den guten Vorsatz überschwemmt und mit sich gerissen, und er langte wieder kräftig zu.

Samstag, 22. März

Zauberhaftes Wetter wie auf einem Gemälde

Beim Frühstück sprachen wir u.a. darüber, daß es für Buz als großen Geiger nicht so gut sei, mit mäßigen Co-Interpreten wie der Swetlana zu konzertieren. Es wäre, so Rehlein, als rühre man etwas Tiefkühlkost der Firma „Frosta" in ein Meistergericht nach Wolfram Siebeck.

Dann gesellte sich auch Ming, den man verliebtheitsbedingt kaum noch sieht zu uns, und sprach entgeistert davon, daß die Hausfrau & Mutti Swetlana in der Franck-Sonate mehrere völlig falsche Akkord einstudiert habe.

Wir Königs tendieren dazu, unseren Worten mit Hilfe von Beispielen Gewicht zu verleihen, und Ming bediente sich in diesem Falle Schillers Glocke: Wenn ein Rezitator beispielsweise sagte: „Von der Stirne leis, rinnen muß der Schweiß!" wäre dies wohl im Sinne des Dichters?

Rehlein hatte es sich sehr zu Herzen genommen, daß Buz seine Finger gestern zuweilen so komisch und steif aufgesetzt hat, und Buzens Schüler Andreas sie in der Pause darauf angesprochen habe, wie das wohl so sei mit den Fingern im Alter?

Als ich in meinem Zimmer das Brahms-Konzert übte, besuchte mich der warme Ming, und man spürte sein löbliches Bestreben, vor lauter Verliebtheit die Familie nicht ganz zu vernachlässigen. Es klänge wie von Heifetz*, sagte Ming nett, und doch hat sich durch die Verliebtheit eine leise Barriere zwischen uns geschoben, indem ich das Gefühl habe, eigentlich nur unverfängliche Banalitäten von mir geben zu sollen.

*Jascha Heifetz (1901-1988). Bedeutender Geiger

Ming machte mir Mut bzgl. des Irak-Krieges:

Daß er vielleicht bald vorbei ist?

Aus amerikanischen Flugzeugen seien Flugblätter hinabgeworfen worden, auf denen draufstand, daß man den Irakern nichts tun würde, sofern sie sich endlich ergeben! Und dann fiel man sich unten gar in die Arme!

Die Nachrichten hörten sich dann allerdings genauso an wie immer, so daß man gar nicht mehr gescheit hinhört.

Rehlein lag auf Buzens Bett, und hatte sich an dem Buch über die Brodericks regelrecht festgelesen.

Einem unter die Haut gehenden Ehedrama, das mit Mord endet. Mutti Betty erschoss ihren Mann Dan und seine zweite Frau Linda.

Buz und ich liefen spazieren. Wir spazierten über eine Buckelbrücke hinweg, und begrüßten in warmem, leuchtenden Sonnenschein so viele nette Leute mit einem herzlichen „Moin!"

Nach einer Weile gelangten wir an jene entlegene Stelle in Ostfriesland, wo Buz mir in meiner Jugend einmal die Himmelsrichtungen erklärt hat, und diese Stelle finde ich so schön! Die grünmodrigen Bäume, die einsamen Straßen, die weitauseinanderstehenden Häuser! Hie und da glitten Leute mit Schuhen auf Rädern vorbei.

Wir liefen über ein anderes Buckelbrücklein, und in dieser Wetterlage schien es mir, als sei es nirgends auf der Welt schöner als hier. Ich muß mich ohnedies mit Ostfriesland anfreunden, denn wenn wir den Anbau haben, dann muß ich bis an mein

Lebensende hierbleiben, bis ich dann auf dem Auricher Zentralfriedhof meine letzte Ruhe finde.

Wie schon so oft im Leben, und leider je vergebens riet Buz, daß ich mir einen Partner suchen solle, und ich wiederum erzählte ihm, daß ich die Einsamkeit genösse. Um mein Singeldasein, so wie es löblich und wünschenswert wäre an den Nagel zu hängen, müsste ich schon bis zum Wahn verliebt sein - doch ob man in meinen Alter noch zu solch einem Gefühlsüberschuss fähig ist, darf bezweifelt werden.

Wir liefen wieder heim, pickten Rehlein auf, und fuhren zum Upsdalsboom, einer kleinen Stein-pyramide die mitten in Ostfriesland steht, um Interessierte aus aller Welt anzulocken.

Vom Upsdalsboom hinweg führt eine große Steinpyramide durch eine wunderschöne Allee, die im Glanz der Nachmittagssonne lag. Wieder spürte ich, wie mein Platz im Leben bei den Tieren ist, weil ich mich so auf die Schweine vorgefreut habe, und nicht müde wurde, Rehlein von ihren niedlichen Bortsenfüßlein vorzuschwärmen. An einer Stelle liefen wir geschickt über unzählige Kuhfläden hinweg.

Wir sprachen über die Ehemisere der Brodericks, um schon bald zum Hans-Jürgen hinzumodulieren?

Ob er wohl auch Fehler gemacht habe, oder ob die Schuld über das ganze eheliche Ungemach zu hundert Prozent bei der bösen Ruth zu suchen wäre? frugen wir uns anteilnehmend, so jedoch gänzlich wertungsfrei, da es uns ja strenggenommen *nichts* angeht.

Er sei immer sehr kontrapunktierend und belehrend gewesen, und bei allem was die Ruth so sagte, fischte er Gegenargumente hervor.

Nie pflichtete er ihr verbindend bei.

Wieder daheim:

Die Thekla hatte so nett geschrieben, daß ihr die Milhaud-Sonate außerordentlich gut gefallen habe.

Buz telefonierte mit der Antje, und hatte hernach viel zu berichten: Daß es nämlich die größten Sorgen mit ihrem Enkel Florian gäbe. Der Florian schwänzte drei Monate lang die Schule, und dann flog er! Tatsächlich muß man sich jetzt so langsam auf die letzte Trumpfkarte besinnen, die einem geblieben war: Den Opa Rainer in Kanada.

Als Ming am Abend in die Schillerstraße zurückkehrte, freute ich mich plötzlich, daß es jetzt so sei, wie es sein sollte: Daß nämlich alle im selben Dorf wohnen. Etwas, das so schön wäre!

Wenn Onkel Dölein im selben Dorf lebte wie wir! Wenn man abends sagen könnte: „Ich schau eben noch mal nach Onkel Dölein, und zwitschere vielleicht ein kleines Bier mit ihm!"

Dann verabschiedete sich Ming zu seinen abendlichen Minnediensten in der Dunkelheit. Plötzlich war er weg. Verschlungen von der Dunkelheit. Seine warme Aura blieb noch eine

Weile, und durch das obere Fenster konnte man mitansehen, daß Frau Priwitz heut sehr lange fernsah. Rehlein will gar beobachtet haben, wie sie sich vor Entsetzen die Hand auf den Mund schlug, weil sie wahrscheinlich Kriegsmeldungen hörte.

Sonntag, 23. März

Eine traumhafte Wetterlage
wie aus einem Urlaubsprospekt

Heute träumte mir, *daß Rehlein und ich die Bildschirmschonerin, Frau O. von gegenüber eingeladen hatten. In sommerlichem Ambiente nahmen wir in der Garage einen Tee ein.*

Frau O. stellte mir eine Frage, die ich beim besten Willen nicht beantworten konnte, da sie in meinem Hirn einfach keinen Halt fand.

Sie mit ihrer Sekretärinnenfrisur auf dem Haupt – einer blondierten halblangen Topffrisur - richtete einen höchst fragend aussehenden, geschärften Blick auf mich und erwartete eine Antwort....vergebens.

Dann erhob ich mich früh, weil wir heute nach Spiekeroog reisen wollten.

Gestern war Rehlein noch etwas enttäuscht von Buzen, da ihr auf diesen schönen Vorschlag hin einfach ein begeistertes „Au ja!" fehlte. Rehlein hatte sich den Ausflug nach Spiekeroog als Vorgeburtstagsgeschenk gewünscht, denn die bergende Zeit als

63-jährige, die noch ein ganz kleines bißchen jung ist, rieselt für Rehlein nächste Woche aus.

Jetzt aber frühstückten wir in Harmonie.

Über den Irak-Krieg war zu vermelden, daß ein US-Soldat einen Anschlag auf seine eigene Gruppe ausgeübt hat. Man sah den geständigen Mohren auf dem Bauche liegen, während ihm die Hände auf dem Rücken gefesselt wurden, und ich frug mich, was dieser Unsinn wohl solle? Daß man einen Herrn aus dem Busch den Irak bekämpfen lässt? Ob's nicht ratsamer wäre, die unartgerecht gehaltenen Mohren in Amerika irgendwann wieder in Afrika auszuwildern?

Ich erzählte meinen Lieben von jenem Aal, der ein so schweres Leben hatte, weil es im Grunde nur daraus bestand, Deckung vor dem Feind zu suchen. Einmal biss ihm eine böse Muräne ein Stück Hüftspeck weg, und tat's hinzu auf jene Art, wie der Mann von der Gisela, vor dem Bildschirm seine Kartoffelchips in den Mund zu stopfen pflegt: In grenzdebilem Stumpfsinn. Und während sich der arme Aal noch von seinen schweren Verletzungen erholte, kreiste bereits ein Adler herum und trachtete ihm nach dem Leben.

Dann wurde er von Frau Lüvers aufgekauft und serviert, und nach dem Aalgenuß wurde womöglich jemandem in der Nacht speiübel?

Mit anderen Worten: Dem Aal war ein Leben beschieden, das nicht unbedingt hätte sein müssen.

Doch nun hat er seine Erlösung gefunden.

Am Hafen war´s so schön bunt. Wie in einem Wimmelbuch gab es allerlei zu sehen: Ein kleiner Junge kickte mit seinem Vater inmitten all der Vorbeiflanierenden ein paar Fußbälle, und auch Rehlein kickte begeistert mit.

Da erst bemerkte man, daß der kleine Junge – zirka 9 Jahre alt – mongoloid war.

Buz auf seine geistesversunkene Art wäre beinah in ein Foto hineingelaufen: Er lief an einem Herrn vorbei, der soeben ein freundliches Lächeln aufgesetzt hatte, dieweil er fotografiert werden, und in ein Erinnerungsalbum geklebt werden sollte.

Der bezaubernde Buz lacht immer so entzückend bei zwischenmenschlichen Kontakten, so daß ihm niemand böse sein kann.

Leider ist die Schiffahrt sehr teuer: 16 € pro Person. Als Rehlein die Karten kaufte, parodierte ich eine Schwäbin, und sagte vor allen dran auf buschschwäbisch*: „Nimm doch erscht einmal eine einfache Fahrt, denn wenn wir auf der Insel ums Lääbö kommö sollt´, so wär´s schad ums Geld!"
*Was ist denn bitteschön „buschschwäbisch"? frägt hier so manch ein kritischer Geist. (Schwäbisch in seiner Urform)

Dann wurde es ernst. Wir bestiegen das Schiff, und wider Erwarten waren so viele Reisende unterwegs, daß wir inmitten reiferer Semester in glitzerndem Sonnenschein auf dem Deck Platz nehmen mußten.

Eine Dame mit einem Gesichtsschnitt wie ein Vogel Strauß erinnerte gar an die Monika in zwanzig Jahren. Erinnerungen an die Zukunft!

Als Buz mal auf's Klosett entschwand, dachte ich mir etwas aus: *Wie er von innen die Tür nicht mehr aufbekommt, und ein total ärgerlicher Urlaubstag auf uns wartet, über den man später im Jahresrückblicksbrief nachlesen kann. „Das Peronal warf ratlos die Arme in die Lüfte, und hatte keinen Rat für uns parat!"*

Bald darauf trafen wir im Ferienparadies Spiekeroog ein.

Wir wanderten herum, setzten uns auf eine warmgebratene Bank und genossen die köstlichen Biotrauben, die Rehlein mitgenommen hatte.

Nach einer Weile setzten wir die Wanderung in der so wunderbaren Luft fort. Doch der Weg wurde bald sandig, und der Sand bremste unseren flotten Schritt ganz schön ab.

Durch eine unbedachte Äußerung Buzens erfuhr Rehlein, daß Buz neulich nach Bayern gereist ist, um seinen alten Kumpel Friedemann Cupsa zu besuchen, ohne uns etwas davon zu erzählen. Einen Herrn, mit dem Rehlein doch noch ein Hühnchen zu rupfen hätte, da er einen Koffer, den man ihm anvertraut hatte, veruntreut hat.

In jenen vier Jahren, in denen wir in Taiwan lebten, sollte der Friedemann ein Auge auf den wertvollen Koffer halten, in dem sich das Frühwerk eines Komponisten befand, den man für ein großes Genie hielt.

Geniegemäß hatte der junge Possi seine musikalischen Skizzen und Werke einfach achtlos überall herumliegen lassen, so daß eine genervte Hausfrau eventuell geneigt gewesen wäre, die ganzen Blätter wütend in den Kamin zu werfen. Rehlein hingegen erinnerte sich an die Haushälterin von Johannes Brahms, die jene Werke, die der große Komponist als unbedeutend erachtet und in den Ascheimer gelegt hatte, wieder hervorgeholt und sorgsam aufbewahrt hatte. Und so sammelte auch das junge Rehlein die herumliegenden Zettel auf, und bettete sie in den besagten Koffer.

Nach der Rückkehr aus Taiwan besuchten Rehlein und Buz den Friedemann in Bayern, und als Rehlein den alten Kumpel auf den Koffer ansprach, kratzte sich der wohlgenährte und sesselträge Friedemann auf auf ratlos-desinteressierte Weise am Kopf... Ein kleiner Schuppenregen rieselte auf seine Beinkleider, die die prallen Haxerln umspannten. Dröge versuchte er sich den Anstrich angestrengten Nachdenkens zu verleihen, und sagte sodann etwas dieser Art: „Dös woaß i fei nimmer. Ich glaub, den hom wir weggeworfen!" Und dabei hatte das süßeste Rehlein ihm den Koffer mit solch glühenden und leidenschaftlichen Worten anvertraut: „Glaube mir! Es handelt sich um Weltliteratur!"

Rehlein war dermaßen entsetzt!

Damals war Rehlein noch jung und schüchtern — aber heute würde sie dem Friedemann Marsch blasen.

In jungen Jahren hatte Buz größte und schönste Hoffnungen in diesen Kumpel hineingesetzt: Er spielte Cello und trug den Spitznamen „Der Philosoph", weil er so schweigsam veranlagt war. Buz und Rehlein hatten damals große Pläne. Man wollte ein Streichquartett gründen, das in seiner Qualität einzigartig, die Welt aus den Angeln heben sollte — doch der Friedemann habe sich mit der Zeit als äußerst träger Mensch entpuppt: Er ließ sich bedienen und ödete Rehlein durch seine Schweigsamkeit regelrecht an. Eine zickige Frau hatte er auch noch... da ließen sich Geschichten erzählen! erschauderte sich Rehlein in der Erinnerung, und wunderte sich, daß Buz einen so langweiligen Menschen besucht, und nichts davon erzählt hat!

„Hab ich dir erzählt!" behauptete Buz.

„Nie im Leben. Das hätte ich mir gemerkt!" sagte Rehlein. „Ich möchte bloß wissen, wen du sonst noch so besuchst!"

Buz versteht sich leider nicht so recht darauf, Besuche packend zu schildern, wenn es auch lustig klang, als er sagte: „Wir haben Höflichkeiten ausgetauscht!"

Dann liefen wir auf einem gewundenen Pfade ins Inselinnere hinein. Irgendwo lag ein Mensch auf dem Boden, und ich sagte: „Das ist ein Fall für Kommissar Brocks!"

Wir liefen durch ein Wäldchen und trafen ein kleines Hündchen, das einer Dame gehörte. Sie rief dem Bündel Hund etwas zu, das sich für unsere Ohren so anhörte wie: „Laß dich nicht von jedem dahergelaufenen Penner streicheln!" so daß man theoretisch eine Feindschaft daran hätte anknüpfen können, wenn man sich auch vielleicht verhört hatte, und die Feindschaft somit auf einer Verhörung basieren würde.

Freunde haben wir heute leider nicht gefunden, aber die letzte Ausflugsetappe war so wunderschön.

Auf der Heimfahrt saßen wir *im* Schiff, doch die warme Sonne flutete herein, so daß man auch dort einen Naturgenuss hatte.

Buz versenkte sich in jenen autobiografischen chinesischen Roman („Fallende Blätter").

Seine Brille legte er dazu auf den Tisch, so daß sie sich beinah mit der Brille einer fremden Dame gemischt hätte.

Montag, 24. März

Zuerst schön sonnig und warm.
Nachmittags wurde es weißwölkig

Am Morgen wurde ich aus einer anderen Welt in wunderschönen Sonnenschein hineingezupft. Ich hatte geträumt, *daß ich mit Rehlein und Buz unsere liebe Freundin Ute B. in Rottweil besuchte. Zwischen der Ute und ihrem kleinen Töchterlein Feli war soeben ein Mutter/Tochter-Zwist am dampfen, der sich einfach nicht verbergen ließ. Die Spuren der Verärgerung auf Utes liebem Gesicht ließen sich nicht hinwegwischen!*

Der Ärger rührte von einer soeben abgehaltenen Geigenstunde her, in der sich die kleine Feli als unbelehrbar erwiesen, und all die guten Lehren von Mutti Ute in den Wind geschlagen hatte. Ich hob die kleine Feli in die Höhe, und wirbelte sie durch die Luft.

„Du unverschämtes kleines Luder!" sagte ich lachend.

Nach meinem Erhöbnis gönnte ich mir ein Lese- und Teepicknick am Fenstersims. Den autobiografischen chinesischen Roman „Fallende Blätter" empfand ich als überaus fesselnd. Die Kälte eines einsamen Lebens in Nanjing breitete sich hier in meinem Zimmer aus: Die kleine Adeline verlief sich hoffnungslos in der Großstadt, und als sie endlich ihren Vater am Telefon erwischte, hatte niemand sie vermisst!

Als ich das Brahms-Konzert übte, spürte ich einen Bammel vor Buzens Ohren, solcherart, als würde man bei den hürdeligen Laufkaskaden Buzens Unmut heraufbeschwören.

Die stürmischen Notenhügel — nein! Gebirgsketten, die es bis hin zum göttlichen Thema zu bezwingen gilt, erfordern unerhörten Mut.

Und so mutig ich nur konnte, versuchte ich die Läufe über Stock und Stein zu bezwingen.

Im ZDF hielt Saddam Hussein eine Rede. Buz machte ein übertriebenes „Psssst!"gezische, und dabei war die Rede, die jemand kunstvoll übersetzte, völlig uninteressant und hinzu mit vielen „Ähs" durchsetzt: „Wir sind…äh…sehr geduldig gewesen, wie…äh… Gott es uns versprochen hat!" ??!

Einmal telefonierte ich mit dem Kirchenmusiker Schnurr aus Pinneberg, der - ohne den Pfad der Höflichkeit zu verlassen - höchst arrogant auf mich wirkte. Als ich das schöne Werk von Karg-Elert erwähnte, sagte er: „An Karg-Elert habe ich null Interesse!" und außerdem sagte er etwas befremdlich, daß er nur und ausschließlich Konzerte mit sich selber veranstaltet, weil er es nicht einsähe, warum er es sonst finanzieren solle?

„Hab ich doch sonst nichts von!" erkühnte er sich, den Hocharroganten hervorzukehren – etwas, was er sich vor seinem Brotherrn natürlich nicht erlauben könnte.

Später knabberte dieser unergiebige Anruf noch in mir nach, weil so arrogante Leute einem immer so ein schales Einsamkeitsgefühl hinterlassen, in das hineingehüllt man nunmehr zurückbleibt.

Mittags gab es ein köstliches Essen:

Rosenkohl mit Graupen, mit Ingwer und Zitronengras verfeinert.

Buz sprach davon, daß der Irakkrieg viel schwieriger sei als gedacht, und Rehlein mutmaßte gar, daß ein Weltkrieg daraus würde. Davon fühlte ich mich - grad im Angesicht des schönen Wetters - leicht deprimant.

Hernach schauten die Erwachsenen einen Film über die Pyramiden von Gizeh, und Buz bekam davon große Lust, mit Rehlein auf Reisen zu gehen.

Zum ersten Mal seit geraumer Zeit konnte man heut ohne Mantel auf die Straße gehen, weil´s so herrlich warm geworden ist. Ich stellte mir vor, *daß ich ganz einsam bin, und verloren durch die Großstadt laufe. Doch man könnte verschiedene fremde Leute einfach ansprechen und fragen, ob man sich mit ihnen befreunden dürfe? „Entschuldigung! Ich habe eine Frage: Ich suche Freunde. Hätten Sie Lust, sich mit mir zu befreunden?"*

Diese Frage würde die Leute überrumpeln und verlegen stimmen. „Wie soll denn diese Freundschaft aussehen?" möchte vielleicht der Ein- oder Andere wissen.

„Einfach so: Daß man sich mal trifft und einander erzählt, was einen so bewegt!" sage ich im Grunde ganz normal.

Dienstag, 25. März

Milder Sonnenschein mit Schlierwolken

Wieder genoss ich meine Lektüre über die fallenden Blätter. Ich las, daß es auch in einer Familie so zugehen kann wie in der Musikschule, wo sich quälende Gegenparteien bilden.

Dann übte ich den zweiten Satz vom Brahms Konzert. Doch Buz sagt nie, ob es ihm gefällt.

Seit gestern abend blüht der süße Buz auf der absoluten A-Seite. Doch ich hege den Verdacht, daß dies derothalben so ist, weil er heute wieder in die Freiheit entlassen wird: Zunächst nach Bonn zu Antje & Kläuschen.

Zum Frühstück schaltete er den Fernseher ein, um Irakkriegs Neuigkeiten zu hören.

Präsident Busch beantragte 75 Milliarden Dollar, um noch ein bißchen besser herumzuballern, weil sich der Endsieg irgendwie nicht einstellen will, und der Kampf sich als zäher entpuppt als erwartet.

Als zäh wie Hosenleder! Bekäme Buz für seinen Musikalischen Sommer 75 Milliarden Dollar bewilligt, so wäre dieser große Kulturgenuss für Jahrmillionen gesichert, wie der süße Ming humorvoll bemerkte.

Nach einer Weile, als Ming bereits wieder Rachmaninoff drosch, kam Heidi Abel, Buzens Studentin aus Bremen in die Violinstunde. Sie mit ihrer Zahnspange sieht z.Zt. etwas vergittert aus, so daß sie es zur Stund (noch) schwer auf dem Heiratsmarkt haben würde. Außerdem sieht es so aus, als würden unsere wunderbaren Jahre mit Heidi Abel so allmählich ausrieseln, da sie im Sommer ihre Prüfung ablegt, und das Studium des Violinspiels damit abschließt. Die Heidi wird ihren eigenen Weg gehen, und man glaubt kaum, daß man sich in diesem irdischen Leben noch einmal wiedersehen wird?*
Zu einem kleinen Tee gesellte sich die Heidi noch zu uns, und wir erfuhren, daß Heidis Vater immer am Fenster steht und auf den Briefträger wartet. Doch der Briefträger bringt ausschließlich Rechnungen.

*Nachtrag 2022: Nie wieder etwas gehört!

Ich freute mich, daß Ming heut so nett zu mir war: Heute morgen z.B. freute sich Ming, daß das Zettelchen, das ich ihm gestern auf sein Kopfkissen gelegt hab, so warm war: „Süßer Schatz!" schrieb ich, und malte zwei kleine Herzchen als Ü-Pünktchen, „Gute Nacht! Morgen Großkampftag bzgl. der Chinareise!"

In der Tat freut sich Ming sehr auf die Reise mit Buzen nach China – während Buz selber es kaum erwarten kann, China durch Mings Sinne wie neu zu erleben.

Heut ließ Ming sich für ein neues Paßbild ablichten. Wenig später jedoch mußte er einen Reklamationsanruf tätigen, da die Fotos, die er im Fotomaten geschossen hatte allesamt schwarz waren. Aber auch von den anderen – handgeschossenen – war Ming alles andere als begeistert, weil er darauf aussah, wie Olli Kahn.

Heute Mittag bekam ich keinen Kaffee, und daraufhin nahm meine chronische Müdigkeit geradezu groteske Züge an.

Wie gern hätte ich Frau Saathoff besucht, doch mir fehlte die Kraft, mich von meinem Platz zu erheben, und die im Grunde überschaubare Wegstrecke, die sich dem Müden jedoch in Unendlichkeit zu dehnen scheint, in Angriff zu nehmen. Ich sehnte mich nach Ming.

Wie soll das bloß weitergehen wenn Ming in China ist? frug ich mich unfroh. Wenn ich mich schon nach ihm sehne, wenn er bloß im Duschhäusl ist?

Ich sehnte mich so sehr danach, meine zu verglimmen drohende Batterie in Mings Aura wieder aufzuladen.

Mittwoch, 26. März

Wunderbar sonnig

Ich bin immer froh, wenn ich im Bett erstmal Vergessen vor dem mühsamen Alltag finden kann, und als ich dann am Morgen einem Tag, der mich doch so freundlich anlächelte, entgegenblinzelte, spürte ich so überaus schmerzhaft, daß mir die Lebensmotivation abhanden gekommen ist.

„Weil ich alleine bin!" sprach´s aus einem Eck in meinem Gehirn. Da man aber als Frau mit vierzig Jahren auf dem Heiratsmarkt nicht mehr die geringsten Chancen hat, muß ich mich wohl doch schweren Herzens an Herrn Heike wenden, damit mein Leben einen Sinn bekommt?

Wir laufen Hand in Hand an der Strandpromenade entlang, und ich höre mir gutmütig seine Geschichten über neue Musik und Geigen an. Mit rollendem „r" gesprochen... malte ich mir müd aus, und war froh, daß mir ausschlafungstagsbedingt noch ein bißchen Zeit zum Schlummern blieb.

Ich frühstückte mit Rehlein, doch nach kürzester Zeit schon kam Frau Meyer zu Besuch, und saß noch eine ganze Weile lang bei uns am Tisch, um sich mit einem Tässchen Tee mit Kluntje auf die schweißtreibende Arbeit als Reinmachefee einzustimmen.

Frau Meyer war ganz bezaubernd und vergnügt, und genoss es unendlich, für bestimmte Aspekte ihrer Lebensführung von Rehlein bestaunt zu werden.

Z.B. ihren unerschütterlichen Mut immer weiter zu machen, und Alter und Krankheit eine lange Nase zu drehen.

„Es kann jeden Moment vorbei sein!" lachte Frau Meyer vom Tee beschwingt, da dies ja ein Naturgesetz ist, das seit Jahrtausenden für jeden einzelnen Mensch gilt. Und so sprach man darüber, wie leicht es passieren könne, daß man plötzlich wie Unkraut von grober Hand mitten aus dem Leben gerupft werden könnte.

Letzte Woche feierten die Meyers mit einer 92-jährigen Dame, die sich nochmals auf's Tanzparkett gewagt hatte, Geburtstag, und jetzt ist sie bereits beerdigt!

Ich beneidete die 92-jährige ein bißchen, weil mein Blutdruck schon wieder so tief in die Tiefe hinabgesackt war, daß mir der Alltag praktisch unbewältsam schien.

Bald zeigte sich auch der süße Ming an der Teetafel. Auf Mings Wunsch hin spielten wir Mozarts B-Dur Sonate so lang, bis Frau Schinke kam.

Frau Schinke war sehr schüchtern und frug gleich, ob sie womöglich ungelegen käme?

"Nein! Wir waren doch bereits auf Sie eingestimmt!" rief ich warm aus, und heute arbeiteten wir an den deutschen Tänzen von Franz Schubert. Über den Einsatz der Synkopen in der Bratschenstimme sagte ich in dichterischen Worten, daß er dazu da sei, der tänzerischen Melodie der anderen Spieler einen Untergrund zu schaffen. Ohne diesen stützenden Untergrund, so ich, würden sich die anderen Spieler fühlen „wie auf hoher See".

Doch meine Worte nutzten nichts.

Angstgebadet bemühte sich Frau Schinke hilflos auf der Bratsche, und spielte in ihrer aufkeimenden Panik einfach *irgend etwas* zusammen, womit das Streichquartett wohl kaum zeitgleich im Ziel eintreffen würde?

Nach der Bratschenstunde machte ich Frau Meyer und Frau Schinke miteinander bekannt, dieweil es sich um Damen handelt, die fast gleichaltrig sind. Sehr nett sagte Frau Meyer auf Artgenossinnenbasis zu Frau Schinke, sie habe sehr schön gespielt, obwohl unser Zusammenspiel zuvor wie Musik aus Nepal geklungen hatte.

Mittags trommelte Rehlein zum Mittagessen. Rehlein ruft immer so bezaubernd „Kikalein!"

Es gab Buchweizen mit einem leuchtenden Spiegelei und Brokkoli.

Nach dem Essen sprach ich davon, daß ich dringend einen Kaffee bräuche, weil es sonst mit meiner Lahmheit nicht auszuhalten sei.

„Du solltest lieber Äerobic machen!" riet Rehlein, doch die Erfahrung hat gelehrt, daß das leider überhaupt nichts nützt.

Ich mußte mir eingestehen, kaffeesüchtig zu sein, und so schickte ich mich an, im Supermarkt einen

Kaffee zu kaufen. Durch meine schwere Blutdrucks-
depression schien mir der Weg unendlich weit, und
wie wattiert kaufte ich ein.

Auf dem Heimweg radelte mir die schlanke Frau
Saathoff entgegen, und für den Nachmittag
verabredeten wir uns zum Kaffee. Allein beim
Gedanken an Kaffee wurde ich etwas munterer und
fröher.

Daheim brühte ich den frisch gekauften Kaffee auf
– pünktlich für meine Bratschenschülerin Maria, die
immer so einen guten Plauderschwung in uns
Damen auslöst, und nun erstmal mit uns Kaffee
trank. Wir erzählten einander ganz viel: Z.B. vom
Onkel Kläuschen, bei dem der Kaffee leider immer
so bitter und lauwarm ist.
„Ach, Klaus! Der Kaffee ist fast kalt!" tönt´s da
von Seiten seiner Ehefrau.
„Och, Schätzchen, ich will mir aber nicht die Zunge
verbrennen!"
Man saß zwar hier in Aurich mit der Maria
beieinander, befand sich jedoch in der Küche in Bad
Godesberg.
Über Antje und Kläuschen hatte Rehlein sich
schon ein bißchen gewundert: Gestern kam Buz um
acht Uhr abends an, und da hatten sie ihren Tag
bereits beschlossen, lagen im Bett und hatten Buzen
den Schlüssel unter die Fußmatte gelegt.

Die Maria hatte Etüden von Campagnoli dabei, doch die schienen mir so unerhört schwierig!

„Da müsste man den Urlaub streichen, wenn man die lernen wollte!" meinte ich launig.

Nach der Bratschenstunde verbrachte ich einen Nachmittag bei Frau Saathoff.

Zuerst bereute ich den Besuch leicht, doch dann schmolz die Reu´ auch bald hinweg, um einem dankbaren Gefühl des Behagens zu weichen.

Frau Saathoff hatte eine entzündete Zunge und sagte, daß sie kaum reden könne, weil es so weh täte. Nichtsdestotrotz redete sie allerdings die ganze Zeit. Im Nachbarsgarten werkelte eine in die Beete hinabgebogene Dame, von der man nur den großen Po kennenlernen durfte, und Frau Saathoff erzählte, daß diese Dame sie bereits fünfmal zum Tee geladen habe – aber wenn´s dann so weit war, da war ihr stets etwas dazwischengekommen.

Dann erfuhr ich, daß die Christiane, die nebenan lebt, ihre Kinder oftmals ganz doll zusammenzuschreien pflegt. Erst heute morgen habe sie den kleinen Hendrik mit den harschen Worten: „Wer bist du überhaupt, du armseliger kleiner Nichtsnutz!" verbal zusammengestaucht.

Die Rede wurde auf Frau Saathoffs böse Schwiegertochter Jutta gelenkt, die die Gewohnheit habe, gelegentlich herrisch auszurufen: „Jetzt rede ich!" Und sogar der kleine Leopold sagt am Telefon in belehrendem Tonfall zu Oma Erika: „Laß mich bitte ausreden!"

Frau Saathoff wurde immer lustiger und entkorkte eine Flasche roten Sekt, dieweil sie sich diebisch darüber gefreut hat, daß ich offenbar auch sehr hebefreudig veranlagt zu sein scheine? Leute, die immer nur Wasser, Saft und Milch trinken, und ein Getue um ihre Gesundheit machen, sind Frau Saathoff nicht so ganz geheuer.

Wir hoben das Glas und prosteten einander wohlwollend zu, und inmitten dieses verbindenden Umtrunks am hellichten Tage erfuhr ich, daß Frau Saathoff zur Zeit ihre Memorien niederschreibt. Momentan steckt sie in den Anfangskapiteln über ihre glückliche Kindheit in Schlesien.

24 Seiten hat sie bereits niedergetippt.

Abends hatte das Beätchen Fotos von ihrem 25-jährigem Sohn Rifflein geschickt.

Rehlein erzählte, daß der Riffi Schauspieler von Beruf zu werden gedenkt, und ich lachte, weil ich ihn als Dreamboy in einer Seifenoper assoziierte.

Aber das Beätchen hatte doch bloß geschrieben, daß er Schauspielstunden nähme, so wie Frau Schinke eben Bratschenstunden.

Leicht verhohnepipelnd hatten Beätchen und Dölein als Antwort auf Rehleins Rundbrief ganz oft „gell?" geschrieben, und dabei hatte das süßeste Rehlein aus einer Verunsicherung heraus doch extra an keiner Stelle „gell?" geschrieben.

Rehlein erzählte mir noch von Buzens Eindrücken nach seinem Besuch beim Heiner: Die Melanie sei total nett, die Kinder unglaublich süß, und nur der Heiner war ihm etwas müde und zurückhaltend erschienen.

Donnerstag, 27. März

Zart sonnig auf einem Spiegel an
dünner nebliger Wolkenschicht

Post war leider keine gekommen, und dabei hatte ich die Thekla gestern noch so nett darüber bemailt, daß wir uns über ihre neckischen Briefe stets sehr freuen.

„Weil sie nicht so förmlich klingen wie jene, die man sonst so gut wie nie bekommt!" schrieb ich augenzwinkernd.

Da Rehlein ein so biologisch tickender und natur-belassener Mensch ist, macht sie sich große Gedanken um den Nestbau, und wie wir das neue helle Zimmer wohl schön einrichten könnten?

Leider hat mir Rehlein diese so wunderbaren Eigenschaften nicht vererbt, und ich klammere die Themen „Häuslebau" und „Kinderaufzucht" als anstrengend und überflüssig aus meinem Leben einfach aus.

Mutter und Sohn sprachen darüber, daß man bald das Bad renovieren wolle, und ich schlug innerlich die Hände über dem Kopf zusammen, da ich Themen dieser Art so anstrengend finde.

Dadurch, daß Ming so mehr oder minder zur Julia in die Schillerstraße gezogen ist, und wir die Julia quasi gar nicht zu Gesicht bekommen, ist es ein bißchen so, als lebe Ming in der gleichen Stadt und schaue drei bis viermal am Tag in seinem Elternhaus vorbei. Die Lage beginnt sich zu entspannen, so daß ich mich mit Ming wieder so wohl fühle wie früher.

Ming sprach bewundernd darüber, wie großartig die Julia mit einem Herrn vierhändig gespielt habe, da ihm ein Konzertvideo aus dem Jahre 2001 vorgeführt worden war. Auch Buz und ich saßen damals im Publikum, und somit konnte ich Ming begeistert beipflichten, wie schön das Konzert gewesen sei.

Am Flügel herumhopsend beplapperte ich den süßen Ming psychologisch interessant: Nämlich über jenen Themenaspekt, daß er mit all seinen Freundinnen ein gemeinsames Hobby hatte:

Mit der Insa Strümpfe stricken, mit der Gerswind Gehörbildung. Mit dem Lindalein Kanons singen, und nun mit der Julia die Rachmaninoff Suite auf zwei Klavieren zu interpretieren, und Schiffe bzw. Puzzelspiele zusammenzubasteln. Ming freute sich, daß die jüngsten Hobbys die besten seien.

Kurz bevor ich um vier Uhr zum Außendienst aufbrechen wollte, kam der kleine Henning mit seiner Mutti zu Besuch. Leicht ungelegen zwar, da der Besuch eine Schneise in meinen Fleiß hineinzuschlagen drohte, doch ich öffnete ihnen trotzdem freundlich die Tür. Hennings Mutti reichte mir bloß rasch eine Broschüre über eine Bibelausstellung, und eilte dann gleich weiter, weil ihre Tochter allein zuhause sei.

„Die seelengute Frau hat uns etwas gebracht!" rief ich Rehlein jubilierend zu, und brach hernach wie geplant zum Außendienst auf.

Freitag, 28. März

Schön sonnig

Schon um viertel vor acht – ich übte wie alle Tage das Brahms-Konzert – klingelte jemand an der Haustüre der Bildschirmschoner gegenüber, und zu meiner Überraschung war der Maulkorbbärtige um diese frühe Uhrzeit bereits vollkommen angekleidet, und schüttelte einem groben Typen, der entfernt an den Hamburger Säurefaßmörder Lutz K. erinnerte, erfreut die Hand. Ein großer Container wurde geliefert, der nun bis auf weiteres, und die Aussicht unschön verrumpelnd, im Vorgarten steht.

Wenig später beobachtete ich als Übende, wie die Ina ihr silbergraues Auto polierte und pflegte, und fand das so löblich: Wie es jemand schafft, immer alles am rechten Ort und zur rechten Zeit zu tun, und wie gründlich und liebevoll sie das schöne Auto das ohnehin ausschaut wie aus dem Katalog, bis in die kleinsten Winkel hinein putzte und polierte. Ich versetzte mich in das hübsche, schlanke und gepflegte Fräulein hinein, das hinzu noch mit Ohrringen und Ringen verschönt war, und stak durch diese gedankliche Versetzung plötzlich in einer gänzlich anderen, aber nicht unangenehmen Welt.

Beim Frühstück sprach ich Rehlein auf den Fleiß und die Sorgsamkeit an, die das junge Fräulein beim Putzen an den Tag gelegt hatte.

„Das macht sie, glaube ich, alle zwei Tage!" glaubte Rehlein.

Ich bemutmaßte Rehlein damit, daß sich die Bildschirmschoner dadurch, daß ER ja bei VW arbeitet, so viele Autos nehmen dürfen, wie sie möchten. *„Nehmen Sie sich so viele, wie sie wollen!" sagt der Chef, ein hilfswütiger Hesse nett, „wir produzieren doch am Fließband!"*

Bei seinen Freunden ist der Bildschirmschoner äußerst beliebt, dieweil er allen einen VW geschenkt hat.

Leider mußte das Frühstück knapp ausfallen, da ich um halb zehn beim Zahnarzt sein mußte.

(Eine Zahnreinigung).

Im Wartezimmer lernte ich eine gutmütige stille Mutti mit ihren beiden Söhnen Philipp und Nils kennen (zirka fünf und drei Jahre alt). Der „Große" war sehr kuschelig veranlagt, und schmiegte sich oftmals trostsuchend an seine Mama, während der Kleine immer so süß gelacht hat, und einmal sogar ein großes Holzauto durch die Lüfte warf, so daß es laut schepperte, als es auf dem Boden aufschlug. Später kam dann noch ein anderer Junge mit seiner Mutti dazu. Er bastelte sich eine Maschine aus Lego und erzählte seiner Mutti ganz viele Märchen dazu: Z.B., daß an einer Stelle Edelsteine herauskämen, und an einer anderen Stelle Feuer.

„Paß auf! Das schreibe ich mir jetzt mal genau auf, denn sonst komme ich ganz durcheinander!" sagte die Mutti, und kramte bereits nach einem Zettel in ihrer Handtasche. Dann wurde ich aufgerufen.

Das eine Fräulein mit dem gepircten Nasenflügel reinigte mir fachkundig die Zähne.

Beim Mittagessen erzählte Rehlein, wie der junge Ming sich früher als Kind einfach nie von einem Ort lösen wollte. Zuerst wollte er daheim bleiben, und plärrte laut, als man auf Reisen ging. Dann wollte er nicht aus der Eisenbahn aussteigen und heulte ebenfalls laut, als der Zug im Hauptbahnhof Bad Godesberg einfuhr. Aber als Ming die Großeltern auf dem Bahnsteig gewahrte, strahlte er über sein ganzes liebes noch tränenüberströmte Gesicht, und es wirkte so, als wolle die Sonne mitten in einen groben Duschregen hineinleuchten. Später wollte er dann bei den Großeltern bleiben.

Rehlein machte den Vorschlag, daß wir ein Picknick im Egelser Wald abhalten könnten, und zu diesem Zwecke schmierte uns Rehlein so nett je ein Wurstbrot. Der Lebenskundige weiß: Nirgends schmeckt ein Wurstbrot besser als im Wald.

Bald schon fuhren wir ab.

An einer Ampel stand Frau Förster mit dem kleinen Henning.

Ich erzählte Rehlein, daß Mutter & Sohn ständig unterwegs sind, um Gutes zu tun. Z.B. Broschüren über „Die gute Nachricht" zu verteilen.

Rehlein und ich wanderten durch die Sonne, und nach einer Weile kamen wir an Rehleins Lieblingsbank auf einer sonnenbeschienenen Lichtung im Wald.

Als Rehlein im Jahre 1976 als Erste von uns nach Aurich zog, war sie fast jeden Tag mit ihrem Picknickkörbchen und einem fesselnden Buch hierher geradelt, um das pure Glück zu genießen.

In einem Tümpel hüpften unzählige große Kröten umeinand. Fasziniert schauten wir dem Treiben zu. Doch plötzlich war der Spuk mit einem Schlage vorbei, und der Tümpel lag wieder ganz ruhig da.

Da beschlich mich eine Ahnung, wie der Beginn der Menschheit wohl tatsächlich ausgesehen haben könnte? *„Am Anfang schuf Gott Adam und Eva...."* Das sagt sich so leicht, doch ob's stimmt? Ich fürchte, das Leben begann so, daß man seinen Augen nicht traute: Alles voll mit Adam und Evas – soweit das Auge reichte. Und woher die wohl alle auf einmal kamen? Dies weiß bis heut kein Mensch!

So manch einer glaubt jedoch, zumindest eine Ahnung zu haben, wie es passiert sein *könnte:* Die sind einem Versuchslabor entwichen, und haben sich rasch über die gesamte Erdoberfläche verteilt, die damals noch herrenlos im All rotierte.

Ich unterbreitete Rehlein ein Angebot: Daß sie jetzt zehn Minuten lang im zarten Zefirwinde schlummern dürfe, während ich die Allee durchwandere.

Auf einmal war´s so still, als ich wieder mit meinen Gedanken alleine war, und mir kam´s vor, als würde in diesen zehn Minuten mein ganzes Leben nochmals an meinem geistigen Auge vorbeiziehen.

Überpünktlich war ich wieder bei Rehlein, und wir Damen promenierten noch ganz lang. Einmal lernten wir einen unglaublich scheuen wischmoppfarbenen Lappohrhund kennen, der ausgebüxt schien. Das süßeste Rehlein redete so nett auf ihn ein, doch ich wiederum fürchtete mich leicht.

Wieder daheim:

In unserem Garten arbeitete Herr Meyer mit seinem Schwiegersohn daran, die riesige Tanne in unserem Garten zu fällen, und während Herr Meyer im Geäst selber unsichtbar war, stand sein Schwiegersohn an den Baumstamm gelehnt, rauchte eine Cigarette, und wirkte leicht debil, dieweil er nie auf Rehleins so freundliche und anteilnehmende Worte einging.

Samstag, 29. März

Weißwölkig

Ich träumte, *daß ich in einem Orchester aushalf, und zu diesem Zwecke bei einem alten Ehepaar logierte. Da ich aber wußte, daß ein Gast nach Art eines Fisches bereits nach drei Tagen zu stinken beginnt, hatte ich meine Abreise auf den 20. des Monats terminiert. Etwas, daß ich meine Gastmutti, die am Herd stehend mit abgeknicktem Haupte und leicht vibrierendem Po ein Süppchen für uns rührte, nun wissen ließ.*

Das Konzert sollte jedoch erst am 23. stattfinden, und außerdem wurde ich für die schweißtreibende Probenarbeit mit 40 € pro Tag mehr als großzügig entlöhnt!

„So wäre es ja ein Unfug sondergleichen, vorzeitig abzureisen!" griff mich meine eigene Vernunft an beiden Ohren, um mir den Kopf wieder zurecht zu rütteln. Aber andererseits wußte ich überhaupt nicht, wie ich der Gastmutti beibringen sollte, daß ich nun doch über die Gastesverfallsgrenze hinweg bleiben würde, nachdem ich das frohe Aufatmen, begleitet von der aus Erleichterung gewonnenen höflichen Worttünche „Ach, wie schade!" doch bereits bemerkt zu haben glaubte?

Verlegen stand ich in der Küche rum, und kramte in meinem Börsl nach einem Fünf-€uro-Schein, den ich dem Dirigenten schuldete, der mir in der Probenpause ausgeholfen hatte, als ich vergebens im Geigenkasten nach ein paar Münzen für den Kaffeeautomaten herumgewühlt hab.

Meine Gastmutti meinte jedoch, dies sei mein Beitrag zum Haushaltsgeld, und griff sich den Schein geschwind.

Dann erhob ich mich zu einem Tag mit Rehlein.

Leider haben wir von Ming in Norderney gar nichts mehr gehört.

Rehlein sprach davon, daß Ming in gewisser Weise, zumindest was die Frauen betrifft, so sei wie sein Vadder: Er vergäße alles um sich herum.

Aber so sind doch fast alle Verliebten!" warf ich ein.

Rehlein wäre durchaus etwas eingefallen, was Ming mit seinen 5000€ von Wüstenrot hätte machen können: Seinen Flügel general überholen zu lassen! während Ming nur an die Bad-Renovierung gedacht hatte, so daß vor meinem geistigen Auge *die Julia in einem Schaumbad aufblitzte.*

Beim Üben sah ich, wie der Maulkorbbärtige mit seinen langen dünnen Beinen so unschlüssig vor dem Hause stand, weil er als Teilzeitbeschäftigter bei VW eigentlich immer viel zu viel Zeit hat.

Zuerst verabschiedete er mit seiner Frau ein uraltes Ehepaar, das ganz langsam, ächzend und in Zeitlupe, in sein Auto stieg, obwohl es eigentlich viel zu alt zum Autofahren schien. Und hernach stand der Bildschirmschoner ganz lang herum, so als hoffe er, daß jemand mal vorbeikäme und mit ihm plaudern würde. Hie und da erhob er zum Vorteil eines Vorbeiflanieren- oder -eilenden drei Finger zum Gruße, und ich spürte, daß die Erfreuung viel tiefer empfunden wurde, als es nach Außen hin den Anschein hatte.

Einmal plauderte er sich tatsächlich mit einem Herrn fest, und nach einer langen Weile plauderten sie immer noch.

„Der Bildschirmschoner scheint tatsächlich etwas zu sagen zu haben!" freute ich mich.

Dann dachte ich mir Orte aus, wo ich meine Energie wieder aufladen könnte: Z.B. im Stehcafé bei Combi.

Wie ich da stehe, die Zeitung lese, und mir vielleicht ein Croissant dazu bestelle?

Am Nachmittag hatte Rehlein Herrenbesuch:

Herr Berke, ein geschiedener Herr saß an der Teetafel, und Rehlein meinte hernach erfreut, er sei vielleicht tatsächlich verliebt in sie, denn er habe vorgeschlagen, daß sie beide zusammen Amerika bereisen könnten.

„Warum nicht?" habe Rehlein nett und abenteuerlustig gesagt, so daß sich Herr Berke hernach viel leichtfüßiger und fröher durchs Leben bewegte.

Sonntag, 30. März

Sonnig. Nachmittags zogen Wolken auf.
Abends eine wunderschöne Dämmerstund´
in warmem Sonnenlicht

Am Morgen rief mich mein alter Freund Christian Scholz an, der jetzt in Hamburg-Fuhlsbüttel lebt.

Ein sehr nettes Dauertelefonat entspann sich.

Ich erfuhr, daß seine Frau in der Kirche sei, während der Christian selber sonntagsgemäß gemütlich Tee trank. Als ich den Christian darauf ansprach, daß seine Frau, die ich unlängst am Telefon kennenlernen durfte, so nett sei, nivellierte er sein Eheglück mit Worten wie diesen hier: „Kommt drauf an, wie sie drauf ist!"

Ich erfuhr, daß seine Frau Erika bereits 39 Jahre alt sei, und an einer schmerzhaften Gelenkerkrankung laboriert.

Beim Frühstück erzählte Rehlein, daß sie als Siebenjährige zwei so wunderschöne kleine Tassen besaß.

Rehlein war so glücklich darüber, weil es eben *ihre* Tassen waren, und wenn jemand daraus trinken wollte, so mußte er sie höflich fragen.

Rehleins Mutti sagte: „Die darfst du nicht hinaustragen! Die fallen dir bestimmt hinunter!" Doch Rehlein wollte es trotzdem wagen, und hielt die Tassen furchtbar fest. Dann stolperte Rehlein, und die schönen Tassen zersprangen in tausend Scherben. Davon schrie Rehlein hysterisch auf.

Dann erzählte mir Rehlein die Geschichte, wie sie einst allein in Buzens Bett nächtigte, und mitten in der Nacht schrillte das Telefon.

Yossi und Anna waren's, die soeben durch den 15 Kilometer entfernten Ort Bagband fuhren. Sie riefen an, damit Rehlein ihnen zwei Betten bezöge.

„Wenn Du jetzt auch noch nein sagst, so verzweifeln wir!" sagten sie, und hätte Rehlein nicht abgehoben, so hätten sie wahrscheinlich so lange an der Tür geschellt bis ihnen geöffnet worden wäre.

Rehlein hatte heut ein köstliches Kirschtörtchen mit sahniger Schmandhaube gebacken, auf das man sich den ganzen Tag lang vorfreuen durfte.

Doch zunächst unternahmen wir einen zweistündigen Marsch Richtung Kanal.

Hinter dem ersten Brückenbuckel wartete ein kleines Erlebnis auf uns:

Vor uns lag ein prallgefülltes Börsl auf dem Boden, und somit sah es kurz so aus, als wolle sich das Schicksal zu unseren Gunsten hinblättern.

„Oh, ein Börsl!" rief ich erfreut, und: „Endlich finden wir mal ein Börsl. Das scheint Rübezahl persönlich für uns hingelegt zu haben? Was meinst du? Um uns zu prüfen, oder uns zu erfreuen?"

Doch dann hüpfte das Börsl, nach welchem Rehlein sich soeben hinabgebogen hatte, hinweg als sei's ein Frosch, und hinter dem Gebüsch hockten ein paar kichernde Kinder, die sich diesen Scherz ausgedacht hatten.

Unter ihnen der kleine Henning, der immer allgegenwärtig und hinzu so fröhlich und freundlich ist.

Nach einem verbindenden Erheiterungsaustausch liefen wir weiter, und hie und da gefielen mir die aufbrandenden Themen: Z.B., als die Rede drauf geschwenkt wurde, wie es mit Ruth und Hans-Jürgen bloß so weit hatte kommen können?

Allgemein wird sich herumgewundert, doch ich glaube, die Antwort zu kennen: Die Ruth ist einem anderen Anderen verfallen. Die Liebe traf sie wie ein Blitz, als sie ihn das allererstemal sah, und ich fürchte, daß es sich dabei um Buz handelt.

Sie ist ihm verfallen, doch da Buz sie nicht erhört hat, scheint ihr Leben jeden Sinn verloren zu haben, und der Hans-Jürgen stimmt sie nur noch ärgerlich und aggressiv.

Letztes Jahr z.B., schien die Ruth gar nicht sonderlich erfreut, Rehlein wiederzusehen. Nach drei Jahren war man einander erstmals in einem Konzert wiederbegegnet.

„Wir müssen uns nachher in der Pause unbedingt sprechen!" hatte das von Wiedersehensfreude gepackte Rehlein angeregt, doch die Ruth zeigte keinerlei diesbzüglichen Eifer, und dabei hatte sie Rehlein früher doch so oft angerufen, um aufregende Geschichten aus ihrem Leben kundzutun: z.B. wie die Luft um *sie* und einen russischen Cellisten herum geknistert habe. Man stand kurz davor, sich in einem animalischen Rausch die Kleider vom Leibe zu reißen!

Ich freute mich immer, wenn uns ein friedliches, altes Seniorenpaar entgegenkam, und bei Jugendlichen wiederum sträubten sich mir die Nackenhaare. Ein Relikt aus der Schulzeit. Man fürchtet das unreife Herdengebaren.

Auf dem Heimweg bekam das schöne Wetter leider einen abdämpfenden Stich, und Rehlein riss immer voller Lebensrettungseifer an mir herum, wenn sich beispielsweise bedrohlich ein Rollschuhläufer an mir vorbeischlängelte. Eine Mutti schob gar einen Kinderwagen auf Rollschuhen, so daß sich das Wolkenbild vor den Kinderaugen rasend schnell bewegte.

Rehlein erzählte aus ihrer Kindheit in Stockach: Einmal in der Woche durfte die ganze Familie im Gefängnis duschen.

Dann trafen wir den kleinen Henning mit seinem leicht pummeligen Freund erneut, und während der Henning auf seinen Rollschuhen bzw. Inline-Skates, wie der moderne Mensch zu sagen pflegt, von seiner aufmerksamen und liebenden Mutti über und über mit Sicherheitspuffern bepuffert worden war, lief der Freund mit seinen bloßen Beinen „auf gut Glück".

Hier an dieser Stelle lernt der Leser einen kleinen Satz auf chinesisch, der im Deutschen womöglich eher ungebräuchlich ist?

„Niii 2 hai 3 bu 1 kuu 1??"

(Die winzigen Zahlen neben den Silben, dienen der Intonierung und Einfärbung der Aussprache:

1: Neutral und flächig ausgesprochen, solcherart, als wolle man mit der flachen Hand eine horizontal gelegene Fläche in der Luft beschreiben.

2: Erhebend in die Höhe intoniert, solcherart, als wolle man die weich geöffnete Hand in Tanzpose anmutig in die Höhe heben.

3: Wellig, solcherart, als wolle man ein großzügiges „u" in die Luft malen.)

Vorwurfsvoll, leidenschftlich und flehentlich ausgesprochen. Wörtlich übersetzt: „Du weinst noch nicht?" Bzw. (ganz wörtlich): „Du noch nicht weinen?" (Aber auf dieser Ebene, wollen wir hier keinen Chinesisch-Unterricht betreiben.)

Dem Sinne nach müsste die Übersetzung jedoch lauten: „Noch immer nicht willst du die vorausgegangenen bösen Worte durch Tränen der Reue hinwegspülen und ungeschehen machen?"

Diesen Satz hört man zuweilen in Seifenopernszenen: Eine Tochter liefert sich ein derart abscheuliches Wortgefecht mit ihrer alten Mutter, und der Bruder und Sohn ruft hie und da hilflos dazwischen: „Niii hai bu kuu?!?!?"

Aber auch zu Rührungsanstupsungszwecken darf der Satz genutzt werden: Wenn man beispielsweise findet, daß jemand auf eine ergreifende Szene – sei es ein Wiedersehen oder eine rührende Begebenheit – viel zu trocken und spröd reagiert.

Diesen Satz muß man gelernt haben, um den folgenden Absatz zu verstehen:

Uns rief nämlich unser alter Freund Xie an.

Ich seufzte innerlich, da mir sein Ausländerdeutsch auf die Nerven fällt: Nur halbe Worte gelernt. Und diese halben Worte klingen hinzu bis zur Unkenntlichkeit abgelutscht. Außerdem pflegt er in seinen Telefonaten kein Ende zu finden.

Rehlein schien zu Telefonatsbeginn auch nicht übermäßig begeistert, doch dann kristallisierte sich schon bald die fantastische Wellenlänge zwischen Xie und Rehlein heraus. Zum Schluß sagte ihm Rehlein stolz die zweite Lektion aus dem Chinesisch Lehrbuch auf, - eine rührende Geschichte über die wertvolle Mutterliebe - und sagte so rührend:

„Ni hai bu kuu?"

Montag, 31. März

Vorwiegend sonnig und heiter.
Hin und wieder kurze abdämpfende Wolkenbäusche

Am Morgen las ich mein bannendes Buch weiter:
Nun ging´s um Adelines Eheschließung mit dem
Chinesen Byron, womit man sich schon wieder ein
unbestimmtes Schicksal voller Ärger und Verdrüsse
aufbürdete. (Eine Zweckehe).
Zum Frühstück gab´s Hefebrötchen, die Rehlein
gestern aus den Resten ihres Hefeteigs geformt hat.
Wir überlegten herum, wie man Rehleins bevor-
stehenden 64. Geburtstag wohl gestalten könne?
„Ich hab´s! Wir fahren nach Gandekersee!" schlug
ich vor, dieweil der Ortsname so ungewöhnlich
klingt, und Rehlein schon oftmals hat anklingen
lassen, daß sie gerne mal wieder ein Fährtle
unternehmen würde.
Da denkt man doch an die Omi Mobbl, die sich
auch in hohem Alter immer so glühend ein Fährtle
durchs Land gewünscht hat. Doch der Opa schlief
immer so lang, und war dann meist zu müd.

Na, wenigstens war heut mal Post gekommen. Doch
leider nichts, worüber man sich freuen könnte: Das
Finanzamt will mir schon wieder 51 € abzwacken,

doch statt höflich drum zu bitten, hüllte man die Worte in steifes Beamtendeutsch.

Ferner schickte uns die Managerin vom Berliner Saxophon-Quartett wie angekündigt eine Demo-CD, und bedingt durch das vorangegangene Telefonat, hörten Rehlein und ich uns die CD auch gleich an, und fanden sie nicht schlecht. Rehlein und mir fiel ganz viel ein, was man denen schreiben könnte: Z.B. (höflich verpackt), daß es blöd sei, immer „Lead-Saxophonist" zu schreiben, und vorallem (Rehlein), daß wir nicht mehr an solchen Interpreten interessiert sind, die kommen, blasen, abkassieren und gehen, da bei uns, grad so wie in Gidon Kremers Festival in Lockenhaus, der familiäre Geist im Vordergrund stünde. Doch eigentlich kennt man sich bei unserem Wollen kaum noch richtig aus, denn wenn das Haus voll ist, so werden wir doch auch schier wahnsinnig?

Es kam einer Heraushebelung aus dem Alltag gleich, daß Ming mit mir zu Wüstenrot radelte, dieweil doch morgen unser von Rehlein so rührend ausgesäter Bausparvertrag erntefertig wird.

Wir fuhren durch heiteren Sonnenschein auf dem Ostfriesland Wanderweg dorthin, und wurden alsbald von Frau Edith H. bedient und beraten.

Leider finden die Worte von Edith H. in meinem Kopf keinen Halt – so wenig wie im Kopf von der Tante Uta die Zahlen. Meine Gehirnmasse wird unter ihrer Wortdusche weich und schwabbelig und so ziemlich alles, was die sie sagte, verblubberte darin wie im Moor.

Hie und da aber raffte ich mich zusammen, und lächelte freundlich. Es ging um die Frage, was man mit diesen 5000 €uro wohl Haushaltstechnisches anfangen könne?

Dies müsse ich mir noch durch den Kopf gehen lassen, sagte ich, und während mein Blick aus dem Fenster auf den wunderschönen Hosenladen von Ippe Jansen fiel, kam mir die Idee, eine Hosenversicherung abzuschließen. Arm ist der, der seiner Hose beraubt wurde.

„Ich dürfte im Leben wohl noch die ein oder andere Hose brauchen, und werde vielleicht mit den Jahren in die Breite gehen?" sagte ich.

Gegen Ende der Sitzung wurde die solargedörrte Enddreißigerin Edith H. nett und persönlich. Wir sprachen von ihrer 20-jährigen Tochter Steffi, die bereits ein Baby hat – den kleinen Milan, 6 ½ Monate alt. Neulich sei er vor dem Klavier gesessen, habe ganz laut in die Tasten gehauen und dazu in die Noten geblickt, und ich fand's so süß, und sah das Baby am Klavier im Geiste sogar vor mir.

Hernach wurden Ming und ich wieder in die Freiheit entlassen. Ich wunderte und freute mich, daß der süße Ming so freundlich zu mir war, denn ein bißchen hatte ich damit gerechnet, er könne mich wegen meiner lethargischen Art ausmahnen, und ich wiederum müsse mich dann in nöligem Tonfall verteidigen, weil im Gehirn ein Verteidigungs-Doc ein-gebaut ist.

Am Abend schauten wir einen Film über einen Schlangenfänger in Amerika. Eine Schlange kroch einen hohen Baum hinan.

Mitten im Baum befand sich die Kinderstube von drei kleinen Entchen, die instinktiv und von Grausen gepackt alle drei in die Tiefe sprangen. In der ratlosen Ausstrahlung eines hochmoribunden Menschen, dem ein dampfender Braten vor seiner Nase wieder abgetragen wird, schaute die Schlange nun aus einem Baumloch heraus.

Ich radelte durch den Friedhof zum Klub, und auf meiner Heimradelung stieg mir verführerisch der Duft einer Pizza in die Nase. Ich sehnte mich nach einem Pizzerienabend. Doch daheim beim Rehlein duftete es auch. Wir aßen einen köstlichen Blattspinat mit Schafskäse.

Einmal rief Buz an und erzählte begeistert von einem Konzert, das er gehört habe: Mit dem blinden Geiger Wanami, von dem er gemeint hatte, der sei doch längst verstorben?! Doch jetzt schien er wieder auferstanden, und spiele hinzu sagenhaft und höchst berührend!

„Ergreifend und einfach fantastisch!" schwärmte Buz.

Personenverzeichnis:

Abel, Heidi, (*1976) Studentin Buzens
Anna, (*1949) Ehefrau von Buzens Spezl Yossi
Anneliese, (*1922) Stiefmutter von unserer lieben Freundin Frau Lüvers
Antje, (*1939) Lieblingstante in Bonn
Bea (Beätchen), (*1943) Tante mütterlicherseits in Kalifornien
Berke, Herr (*1938), sehr netter Herr und glühender Verehrer Rehleins in Aurich. Aussehend wie Johannes Brahms
Bloser, Herr, (*1947) mein Klavierlehrer in Trossingen
Buz, (*1938) unser Vater
Christa, (*1946) Ehefrau von unserem Onkel Hartmut in Münster
Christiane, Hausfrau und Mutti in Aurich (*1966)
Christoph, lieber Freund in Aurich, Cellist, Komponist, Lehrer und Dirigent (*1965)
Dölein, (*1936) Lieblingsonkel in Amerika
Feli, (*1996) Töchterlein von unserer lieben Freundin Ute B. in Rottweil
Florian, (*1986) Enkel von meiner Lieblingstante Antje in Bonn
Friedel, (*1962) Lieblingsvetter in Bonn
Gisela, (*1964) Dame in Bonn
George, (*1935) amerikanischer Ehemann von Mings Exe Insa
Gerswind, (*1964) uneheliche Exe Mings
Gloria, (*1977) Studentin Buzens
Großmann, Familie, Achim, Gitarrist in Fischerhude (*1953), Inga (*1970) Judith (*1998) und Ludmilla (*2003)
Hartmut, (*1945) Onkel väterlicherseits in Münster
Hans-Jürgen, (*1950) lieber Freund des Hauses
Heike, Herr, (*1933) vielseitiger Herr, Professor, Komponist, Geigenbauer...
Heiko, (*1961) liebster Freund in Aurich
Henning, (*1995) Violinschüler Buzens

Herberger, Rolf, (*1908) ehemaliger Kollege Buzens im Orchester in Baden-Baden. Komponist

Hilde, (*1964) Exe Buzens

Hilgenberg, Herr, (*1953) Frisör aus der Verwandtschaft

Ilslein (Ilse), (1913 – 1996) Opas Kusine in Ofenbach

Irma, (*1937) Großtante in Kiel

Judith, (*1998) kleines Töchterlein von Herrn Großmann, dem Gitarristen

Julia (Julchen), (*1983) Mings neue Liebe

Kebap, Prof., (Spitzname) Professor in Trossingen (*um 1953)

Kettler, Frau, (*1947) Telefonfreundin aus Basel

Kläuschen, (*1934) liebster – wenn auch angeheirateter - Onkel

Linda(lein), (*1973) älteste Tochter von unserer Tante Bea in Kalifornien

Lisel, (*1932) Ehefrau von unserem Onkel Andi in Blankenfelde/ Brandenburg

Lüvers, Frau, (*1937) ganz nette Frau in Aurich

Marie, Tante, (1908 - 1998) Buzens jüngst verstorbene Tante

Mats, (*1993) Söhnchen von meiner Freundin Monika

Meyer, Frau, (*1935) Zugehfrau in Aurich und Herr

Ming, (*1964) mein Bruder

Mobbl, Omi, (1910 - 1999) Omi mütterlicherseits

Monika, (*1961) frisch nach Ostfriesland gezogene Schwester unserer Freundin Thekla

Möllers, Nachbarn in Aurich (*um 1953?)

Münch, Frau, (*1943) meine Sekretärin

Nicole, (*1971) Studentin Buzens

Picker, Frau, (*1932) sehr sympathische Dame aus Linz

Priwitz, Alma und Bärbel, (*1911/1938) Mutter & Tochter nebenean

Rainer, (*1934) Rehleins Bruder in Toronto

Rautenberg, Frau, (*1920) Nachbarin in Aurich

Rehlein, (*1939) unsere Mutter

Reichmanns, (*1928/1931) altes Ehepaar, das ich in Trossingen beim Spaziergang am See kennengelernt habe

Reimers, Rektoreneheleute in Trossingen (*1941/1942)

Rifflein, (*1978) einziger Sohn von unserer Tante Bea in Amerika

Rudi, Opa, (*1927) Vater von unserem Freund Heiko

Ruth L., (*1961) ehem. glühende Verehrerin Buzens

Saathoff, Frau, (*1934) einsame alte Dame in Aurich

Schinke, Frau, (*1934) meine Bratschenschülerin

Scholz, Christian, (*1963) alter Freund

Schumacher, Eheleute, greise Eheleute in Aurich

Schüt, Herr, (*1917) väterlicher Freund Buzens

Sharyn, (*1945) Frau von unserem Onkel Rainer in Toronto

Simone, (*1975) Studentin Buzens

Stephanie, (*um 1973) Fräulein im Hause gegenüber

Swetlana, Pianistin aus den Niederlanden Geburtsjahr unbekannt

Thekla, (*1965) liebe Freundin in Ostfriesland

Thomas, (*1972) Sohn von meiner Freundin Edith in Grebenstein

Tone, (*1962) lieber Freund in Leer/Ostfriesland

Uschilein, das böse, (*1946) Exe von unserem Onkel Eberhard

Uta (Utelchen), (*1936) Tante mütterlicherseits

Ute B., (*1966) liebe Freundin in Rottweil. Ehem. Studentin Buzens

Ute M., (*1963) liebe Freundin in Herrenberg, Baden Würtemberg

Veronika, (*1945) unsere beste Freundin in Nürnberg

Vitzthums, Ehepaar in Ofenbach. Georg (*1936) und Cornelia (*1947)

Vitzthums, Eheleute in Ofenbach (*1936/1947)

Wies, Frau, (*1940) Omis Helferin in Grebenstein

Xie, (*1957) ehem. Kommilitone aus China. Sänger

Yossi, (*1947) Spezi Buzens. Bratscher und Genie

Zieglers, Eheleute in Seestermühe. Jochen (*1938) und Erika (*1949)

Weiter geht´s im nächsten Band.

Erscheint am 16. März 2022…..